九歌一〇七年

2018

童話選

之——許願餐廳

謝鴻文 主編

九歌年度童話選

107

年度童話獎

得主

王宇清

作品

星願親子餐廳

九歌出版社

九歌107年度童話獎 得獎感言

◎王宇清

很高興也很意外，以〈星願親子餐廳〉得了年度童話獎。今年，約略是我開始寫童話以來第十年，因此得了這個獎，格外有意義。

比起剛開始寫童話，寫得越久，寫童話對我來說卻沒有變得更容易，反而日益困難。我深刻意識到，若抱持著「童話是很簡單的文體」因此可「信手拈來」的態度，則寫出來的作品就容易陷入生硬與老套裡。

現在，我認為寫童話是一門獨特的技藝，就像是打造一把極簡風格的椅子，看似簡單，卻處處充滿細膩的細節處理；看似平凡，卻又散發獨特的美感與歷久不衰的魅力。而重點更在於：一坐上，便令人無比舒適，充滿驚喜，愛不忍釋。

雖然我距離那樣匠心獨運的境界還極為遙遠，但今後仍會以此為目標，繼續努力。

再次，由衷感謝。

107年童話選目錄

卷三 魔法零食區

卷一

完美自助餐區

格外有用小魔女／周姚萍

◎ 插畫／劉彤渲

作者簡介

兒童文學創作者。著有《日落台北城》、《台灣小兵造飛機》、《我的名字叫希望》、《翻轉！假期！》、《魔法豬鼻子》、《妖精老屋》等書。作品曾獲金鼎獎推薦獎、聯合報讀書人最佳童書獎、九歌年度童話獎、好書大家讀年度好書等獎項。

童話觀

童話以超越現實的奇趣，表達出令人更覺深刻的現實各面向。

小魔女豆乾很會飛，卻不擅長其他任何魔法。

每當媽媽替她擔心時，她都說：「我是格外品嘛，會像格外品一樣格外有用的！」格外品指的是不符合大眾喜愛規格的農產品，例如瘦瘦的歪扭黃瓜、醜醜的怪模樣草莓；格外品外觀難看，卻不影響品質與美味，媽媽總會善用格外品煮出美味大餐，讓很愛吃、食量又大的豆乾超滿足。

豆乾雖是魔女中的「格外品」，但她深深相信自己會找到最適合的工作，變得格外有用。

這天，豆乾吃了媽媽用格外品做的一個大披薩、兩份義大利麵、六份沙拉、三顆蘋果、三杯橘子汁，然後跨上掃把，咻一聲，出發去找工作。

「真的找得到工作嗎？」媽媽望著天空，搖搖頭說。

媽媽擔心過頭了，因為豆乾才一去應徵，就獲得快遞員的工作，並立刻上工。

咻咻咻，豆乾送完五件包裹、二十三封信件，七份生鮮食品，再咻咻咻咻，又是幾十件貨品……「看，我這麼快找到工作，還表現得這麼好。」

傍晚時分，豆乾完成所有任務，飛到公司上空。「咕嚕！咕嚕……」儘管午餐吃了媽媽用格外品做的無敵超級大便當，但這時豆乾永遠最餓、最饞。她看還不到該回公司的時間，便調頭去一間採用醜蔬果當食材的餐廳，購買一個巨無霸六層牛肉漢堡，多加三份起司，又點一杯超滿足大分量可樂。正想大快朵頤時，手機響了，「老闆，有臨時的急件，好，我立刻回去。」

豆乾顧不了肚子一癟一癟狂叫，飛上空中。然而，飛到公司上方時，她實在忍不住，打開漢堡包裝大咬了一口，沒想到一個不小心——漢堡從手中滑落！

豆乾一邊咀嚼著那口漢堡，一邊快速下降迴旋，想挽救美食，結果，漢堡肉掃過右手，起司片擦過左腿，生菜飄過肩膀……

「嗚嗚，我的漢堡……」漢堡是回不來了！豆乾飛落地面時，更看到老闆站在公司外頭，精心梳理的鳥窩頭凌亂不堪，上頭正躺著缺一角的漢堡肉，臉上更有蜂蜜芥末醬緩緩流下。

「啊！」豆乾伸手指向老闆，卻啪著一聲，打飛了掃把固定架上的超滿足大分量可樂，讓老闆淋了個可樂浴……

「豆乾！你被炒魷魚了！」老闆怒聲喊道。

豆乾只好搭上掃把離開。她並不懊惱工作沒了，反而想著：「啊！還真想吃『豆乾炒魷魚』！」

突然，她發現馬路車陣中有人向她招手，飛近一看，那位太太著急的說：「我搭計程車要趕赴一個約會，偏偏遇上大塞車，你能載我到目的地嗎？」

「噢，當然可以。」靠著那一大口的漢堡撐住，豆乾認真完成任務，同時獲得好點子，開始接受「飛天接送服務」的預約。

正式開張第一天預約就滿檔，還擠入趕搭飛機的旅客、趕赴考場的考生……

一切都很順利，直到——豆乾載了一位因打扮花掉太多時間、快錯過派對時間的貴婦。那時正是傍晚，豆乾飛著，感覺肚子超餓，同時聞到一陣蔥爆牛肉香。

豆乾深吸一口氣，忍不住閉上眼睛，往香氣傳來的方向飛去。另一頭又傳來辣爆雞丁的辛香，於是掃把轉向了，然後是醬爆豬肝的鹹甜味，讓掃把再次轉向。

「你怎麼在蛇行啊？」貴婦還沒說完，啪沙一聲，豆乾、貴婦與掃把，一起卡在大樹上。

結果，貴婦氣「爆」了，一張臉就像醬爆過的豬肝。

豆乾將賺到的錢全部賠償給貴婦。

回家後，媽媽正巧做了醬爆肉絲、醬爆茄子等料理，滿足了豆乾的胃。她吃飽後滑手機，發現有個大胃王冠軍賽即將舉行，並立刻決定報名參加。

豆乾太適合參加這類比賽啦，拉麵大胃王大賽，冠軍！牛排大胃口大賽，冠軍！就連需要剝蝦殼、啃蟹腳的海鮮大胃王大賽，也是冠軍！

這天，豆乾參加美食大胃王大賽；比賽中有各式各樣美食，讓豆乾吃得分外暢快，並以個人最快速度，再拿下冠軍。

整場比賽都有新聞台採訪，比賽結束後，主辦單位拿出各式食材，主持人也公布，剛剛的美食都是由超市及商店即將到期的食材做成的，「我們舉辦這次比賽，是希望大家知道，食物得來不易，有些食物卻被我們不知不覺浪費了。大家眼前這些東西，如果沒在到期前賣掉，就會被扔進垃圾桶。不過它們還沒壞，也依然美味，請問冠軍豆乾小姐，是不是這樣呢？」

「是，是。」豆乾拚命點頭。

「這場比賽是希望消費者知道，若善加利用即期食品，便能享有便宜美味的食物與食材。根據《紐約時報》的報導，全球每年丟掉十三億噸的食物，占了我們糧食植物種植量的三分之一！」

「真的要善用才行！我家都善用格外品！以後還要善用即期食品！」豆乾衝口宣示道。

活動結束後，一位男士走向豆乾，對她說：「我是超市的老闆，打算在每天傍晚，請人整理出超市當天的即期食品，以便宜價格販售給需要的人，我覺得愛食物、珍惜食物的你，很適合擔任這個工作。」

豆乾的眼睛都亮了，但她想起前兩次發生的事，坦白的對超市老闆說：「傍晚時分，我的肚子都超餓，可能會忍不住想吃東西而……」

「哈哈哈，想吃就吃，即期食品太多了，根本不怕你吃，還可以做廣告呢。」

「真的？」

「蒸的、滷的、烤的都有，盡量吃。」超市老闆說。

豆乾上工啦！她總在傍晚前騎著掃把，高速檢查、收集即期食品，然後邊吃邊賣。顧客看她吃得津津有味，一改對即期食品的刻

板印象，蜂擁的搶著購買。

沒賣完的即期食品，豆乾不想看它們被扔進垃圾桶，便騎著掃把分送給附近有需要的弱勢老人或機構。

格外品小魔女，現在還真是格外、格外有用呢！

——原載二〇一八年五月七～八日《國語日報・故事版》

編委的話

● 曾芊華

不擅長魔法的小魔女就一無是處嗎？這個故事告訴我們可以找到自己的強項能力，但不會說教，反而用很有趣的故事包裝，果然是有豐富寫作經驗的兒童文學作家。

● **楊子函**

這個小魔女感覺有點又好氣又可愛，她的行為讓我想到每次去超市，都會買外觀好看的蔬果，但是其實賣相不好的食物一樣好吃，我們應該不要再執迷不悟了。

● **趙芷語**

故事裡的小魔女雖然是個吃貨，但她卻把這個特點好好應用在工作上，我們都可以想想如何把自己的缺點變有用處。

能言鳥的樂園／傅林統

◎ 插畫／李月玲

作者簡介

擔任小學老師校長四十多年，喜歡給兒童說故事、寫故事、帶領閱讀，學生和家長暱稱「愛說故事的校長」。

退休後在桃園市文化局兒童室從事口演故事，並培訓「說故事媽媽」和「兒童閱讀帶領人」，講解如何為兒童選好書、親子共讀、利用圖書館，被稱為「愛說故事的爺爺」。

童話觀

泰雅朋友馬信帶我遊保育頂端的「鴛鴦湖」，驚嘆於大自然的美，鳥語的動聽！尤其是馬信充滿童心的「能言鳥」，更使我久久難忘他融入鳥世界的真情。這真情、這童心，就是童話的源頭，我的童話觀如同馬信：以童言童語表達對人世間和大自然真摯的愛情。

偏僻的山地，青山綠水環繞的小小部落，是壯如山的泰雅男兒樓幸可愛的家鄉。樓幸人窮而志不窮，總想學得一技之長，不但得以成家立業，且要造福整個村莊和族群，他時時刻刻向太陽公公如此誓約。

可是聰明靈巧的他，每次狩獵總是無功而返，不要說山豬，連一隻小兔子也很容易在他看似勇壯的身影前面，輕易脫逃。這哪算是泰雅青年？部落裡人人嘲笑他，只有太陽公公伸出和煦的光安慰他！

樓幸自己也很沮喪，時常嘆氣：「開口閉口要自立自強、勇往直前的我，難道就此潦倒一生，連自己都養不起嗎？」

「喔！對了！一技之長，不一定是使動物致命的狩獵，以我柔和的情意，用愛心對待一切生命，讓鳥獸成為朋友，大地成為樂園，那不是更有意義的事情嗎！」

有一天，樓幸徜徉田間，偶然看見一群八哥躑躅草地，聒聒噪噪、嘎嘎啦啦，發現牠們是多麼的愛說話，喋喋不休，有話說不完，彼此交談，情投意合何等快樂！

樓幸思考了一陣子：「我來學鳥語吧！就像漢人故事裡說的公冶長！不！要超越公冶長，教會八哥說人話，培養一隻隻，甚至一群群『能言鳥』！我一直認為公冶長應該是很久以前遷居魯國去的泰雅人，因為懂鳥語在泰雅族並不稀奇，只有教會鳥兒說人話才會叫人稱奇！」

一想到這裡，樓幸興奮得手舞足蹈，找上要好的朋友馬信，把打定的主意說明一番，問他可不可行？

馬信篤定的說：「這有什麼好考慮的，你所以每次狩獵都無所獲，都是你心太軟，根本不想殺生！你親近林野，傾聽天籟，早就嚮往鳥語，與鳥心心相印，當公冶長，在你來說是最適合不過的事了！重要的是教鳥兒說幾句應聲的人話容易，要鳥兒真懂人話，說出牠心想的話可就不容易囉！」

「喔！」樓幸點點頭表示會意了！

本來就喜歡向困難挑戰的樓幸，有了馬信的鼓舞，更加信心十足，默默的發揮他的耐心、毅力、細心、愛心，先與八哥親近，培養彼此的信任感。八哥啼聲輕巧清晰，猶如少女撒嬌，樓幸果然教出了一隻「能言鳥」。

馬信大為驚奇，積極建議：「樓幸啊！你的運氣來了！從前有漢人『野人獻曝』，大得賞賜，你啊！向統治我們這塊山川大地的大酋長獻上『能言鳥』，博取公主一笑，疼愛女兒的大酋長，必定大驚大喜！那你不就成為駙馬爺囉！」

樓幸果然帶著能言鳥，見嚴肅得叫他不敢親近，總是敬而遠之的酋長伯伯了。

「酋長伯伯您好！公主小姐您好！」八哥竟然搶先說話了，不但口齒清晰，竟然還認得酋長和公主，頻頻翹尾展翅像在行禮！哪是一般只會應聲的

八哥可比！

酋長太高興了！公主更好奇的逗起八哥玩兒，綻露的是燦然的笑容，酋長問：「你要什麼獎賞？」

「大酋長，我要一個獎賞、一個承諾、一個要求！」搶先提高嗓子回應的竟然是樓幸捧在胸前的八哥。

驚奇的不只是酋長和公主，樓幸更是嚇得發抖，抖落了八哥，八哥迅速的拍翅停在樓幸肩膀上繼續說：「獎賞我們鳥族一個天大、地大的鳥籠，承諾不再叫我們鳥族說人話。」

酋長和樓幸丈二和尚摸不著頭腦，聽不懂八哥話中的意思，酋長幽幽然說：「八哥啊！我打算給你打造一個無價的黃金鳥籠，難道你不滿意？」

樓幸更悻悻然說：「我千辛萬苦教會你說人話，你卻自己會說就好，不想給你的鳥族分享，好自私的傢伙！」樓幸的口氣十分火大。

八哥聽了心平氣和的說：「謝謝樓幸老師苦心孤詣教我，但請你先不要生氣，有件事我非得跟您說清楚不可！其實，我並不喜歡人語，多沒趣又結結巴巴的語言，怎能跟輕妙悅耳的鳥語相比呢！我們鳥語，有響徹雲霄的雲雀語，有穿梭林間的畫眉語，有嚶嚶求友的綠繡眼語，有啁啾田園的麻雀語，有嘎嘎埤塘的雁鴨語，舉不完的天籟之音，人類那粗糙而咄咄逼人的話語，我們鳥族誰會想學呢！饒了我們吧！」

酋長和樓幸聽了八哥的話，灰頭土臉，又詫異又氣憤，只有公主喜孜孜的掩臉偷笑。於是八哥又壯起膽子瞧了瞧公主，然後壓低聲音說：「公主，我可不可以趁著這個時候公開你的祕密？」

「公主有什麼祕密？」酋長和樓幸都目不轉睛的注視著公主，迫不及待的等著她的回答。想不到公主竟坦然的說：「八哥，你說吧！又不是什麼壞事。」

酋長和樓幸豎起耳朵，定睛凝視，等待八哥說出公主的祕密。

「其實我們的公主是愛笑的天使，在百鳥歡聚，歌聲、細訴聲、歡笑聲充滿的林間，公主跟我們鳥類笑在一起，樂在一起。但一回宮裡，盡是人們為獵場、為耕地、為瑣碎的事爭吵的雜音，公主就不想笑了！」

「是不是這樣呢？」酋長和樓幸不約而同的問公主。

公主默默點頭，「喔！原來如此！」酋長和樓幸同時發出感嘆聲。

「當然囉！天大地大的鳥籠就是不要鳥籠，這賞賜太容易了！不要叫鳥族說人話，省事、事省，當然承諾！至於你要求的是什麼事？說說看！」

「要求讓我當媒人公。」

「給誰做媒？」

「當然是公主和樓幸！公主愛鳥愛大自然，聽鳥聲笑逐眼開。樓幸呢！以慈愛耐心對待一切生命，兩人是最佳配對。」

在所有泰雅族人和林間鳥蟲野獸，還有大自然的天籟祝福聲中，樓幸和公主成婚了，酋長給公主的嫁妝是——神湖所在的神山——自然生態保護區的頂端——鴛鴦湖。有詩為證：

鴛鴦湖

在山嵐、濃霧、水光裡
高聳的神山擁抱著神祕的鴛鴦湖
山與湖總是彼此素顏相見
雖無妝扮卻掩不住醉人的天生麗質

太陽在藍天閃耀
雲霞在山巒變幻

翠樹在湖畔親切的環繞
落葉飄，霧氣漫，迷濛一團

沒遇見神的身影，也看不見鴛鴦的蹤跡
喔！原來泰雅公主和駙馬樓幸
才是真正的一對恩愛鴛鴦啊

沒有人為的干擾
沒有恐怖的獵殺
鳥獸說著你我都聽得懂的語言
忘我無我渾身舒暢
和著天籟輕哼通達天宮的歌謠

——原載二〇一八年十一月八~九日《國語日報・故事版》

編委的話

●曾芊華

人類聽見鳥說話，鳥說的話不一定跟牠唱歌一樣悅耳動聽，因為人類沒有真正了解牠的心情。鳥愛大自然，我們應該給牠們自由。

●楊子函

被神山擁抱著神祕的鴛鴦湖，以此為背景寫成的美麗的傳奇，裡面的人與動物可以和平相處。

●趙芷語

強迫做事，心情一定會不好，也可能因為不甘願而做錯事，就像故事裡的能言鳥被迫說人語的心情。這個故事也想告訴我們這樣的道理。更重要的是以慈愛耐心對待一切生命，這個世界才會和平。

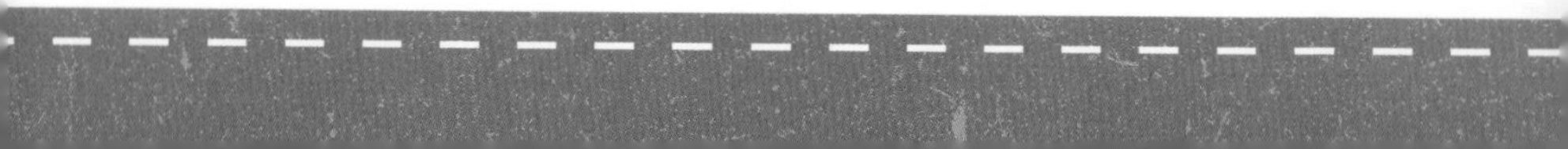

完美專賣店／李郁棻

◎ 插畫／吳嘉鴻

作者簡介

文字挑食症患者，喜歡寫自己喜歡的故事。生活中的宅居者，只放任心靈到處去旅行。

相信不完全主義：不能完全隨波逐流，也沒有死守自己的主張；沒有完全的自信心，也沒有完全的自卑感；沒有完整的才華，也沒有認真拚死努力——或許如此，才更像一個完整的人。

目前仍在生活中學習，讓自己變得更好。

童話觀

歡迎光臨完美專賣店，你想要什麼呢？我們總是羨慕「外國的月亮比較圓」、「別人的爸媽比較好」……，卻忘了回顧自己所擁有的。我們有的或許不是最好，卻是獨一無二，沒人比得上的。

如果懂得珍惜與感恩，你就不會需要完美專賣店了。

「李承世，你考這什麼爛分數！」爸爸生氣的站在他面前，彷彿一座巨大的維蘇威火山，正噗噗的冒出怒氣。李承世一見到爸爸這副模樣，心想慘了。

「你整天只會打電動，從今天開始我要把你的手機和PS4鎖進櫃子裡！」

看著爸爸氣沖沖走上前，承世的心跳登時加快，只見爸爸像老鷹抓小雞般，拎著他的主機和搖桿大步走向儲物櫃，咚的一聲搖桿掉在地上，在他的心上砸出了一個洞——這支搖桿，可是他省下一個月的零用錢才買來，這麼一摔萬一壞了怎麼辦？

承世按捺不住想上前，但爸爸的一個眼神掃來，將他釘在原地。承世轉過頭想向媽媽求救，卻聽見媽媽冷冷開口：「考試考不好，就代表你對自己的管理能力不佳，我支持爸爸的作法。」

忍住眼淚回到房間，碰一聲把門關上後，淚水才噴發而出。承世邊拍打著被子邊抱怨：考試、又是考試！爸媽每次只會拿考試成績來評論他，為什麼沒看到他其他方面的表現？現在又不是只有讀書才有前途的年代，那些電競選手不是也一樣賺很多錢？為什麼要阻止他打電動？

承世紅著眼睛度過難熬的一晚後，隔天一早起床走出房門，只見桌上已擺著熱騰騰的早餐。以往豬排吐司最能引起他的食欲了，他吃完後總是忍不住想再要一個，但媽媽總是拒絕：「早餐攝取適量就好了，如果還餓的話多吃點蔬菜水果。」

誰不知道媽媽是因為豬排吐司比較費工才不多做一個的啊？真小氣！承世想起這件事，忍不住在心裡偷偷哼了一聲。

媽媽看見了他，想也不想就開口：「趕快來吃早餐啊！不要又遲到了，早就和你說要早點起床出門……」

「還不是妳一定要我在家裡吃早餐，我到外面買就行了嘛！」承世在心中想了一千句抱怨，來對抗媽媽的嘮叨緊箍咒，但在看見桌上那杯黑漆漆的東西時，頭上的金箍圈噌一聲被滿溢的怒火撐破，碎成了一句句大吼：「為什麼又要喝這麼難喝的精力湯！每次都是這樣，都要強迫我做不喜歡的事，我明明就不喜歡吃妳做的早餐！」

一聲怒喝從承世背後傳來：「你這是什麼態度，和媽媽道歉！」

又是他！承世憤恨的握著拳頭，告訴自己不要轉頭去看背後的人，這樣才不會被他的怒氣嚇到。對這個不尊重他和寶貝電動的人，他連一句話都不想交談。

微駝著背的承世，看上去就像一隻刺蝟，身上豎滿尖尖的刺，爸爸看著這樣的承世皺起眉頭，又喝斥一聲：「李承世，你現在翅膀長硬了是不是？你為什麼不回答？轉過來看著我說話！」

這隻刺蝟忽然衝向門口，甩開大門跑了出去。他要遠離爸爸媽媽的聲音，遠離那些煩人的功課、傷人自尊的話語！

直到爸媽的喊叫離他越來越遠，咚的一聲承世跌倒在地，手掌擦出一道長長的鮮紅色，他痛得坐在地上，眼淚又大滴大滴的落下。

淚眼迷濛中，他抬頭望見對面街道有塊招牌，前面兩個字已經模糊不清，只看得出來後頭的商店二字。

這是傳統的柑仔店嗎？不管了！既然是商店就會有人在吧？先進去再說。

「有人在嗎？」

承世喊了幾聲皆沒得到回應，只好硬著頭皮走進店內，自動門一開後卻嚇了一跳！

不同於外頭的破舊黯淡，這間「柑仔店」竟隱藏著高科技，出現在承世眼前的是一台長約二公尺、寬一點八公尺的巨型螢幕，下方有各種紅色、黃色、綠色……的按鍵。颼的一聲，一道3D立體投影人形出現在承世的右前方。

「你好，歡迎光臨完美專賣店。你想買什麼？」

「我……我想來借一張衛生紙。」

眼前的「店員」微微蹙眉，似乎不滿意這個回答。「小朋友，你只換一張衛生紙太虧了。我們這裡是完美專賣店，只賣最完美的東西，製造出的衛生紙也是最完美的，紙漿選用自亞馬遜雨林中最粗壯的樹木，加以去皮、削切，再打成紙漿經由三道熨壓，才可以生產出一張輕如鴻毛、薄如蟬翼又韌如蠶絲的衛生紙。如果你只想用它來擦鼻涕，我會建議你最好不要換。」

承世聽得目瞪口呆。「……你這是在騙人吧？」

「本店童叟無欺，只要是你說得出口的東西我們都有賣，而且保證品質最好。」那名店員似乎看穿承世心中想法：「你看起來不太相信，那你隨便說一樣最不可思議、最難買的東西好了，本店絕對拿得出來。」

這個虛擬影像說的話能相信嗎？承世想了一會兒，試探的說：「那爸爸媽媽你們有賣嗎？」

「當然有，我們還能客製化，讓客人製造出理想的爸爸媽媽。」店員指著承世面前的機器。「我等下開啟程式，你只要照著螢幕上的指示選取就可以了。」

叮——叮——叮——咚，一陣聲音過後巨型螢幕亮起，只見螢幕上出現了兩個人體模型，右方則有十多個選項。

「髮型、膚色、眉毛、鼻子……，這是什麼啊？」

「你可以依照自己的需求，決定爸媽長什麼樣子，也可以設定父母的職業、個性、教育方式，就能生產出完美的父母。」看著承世一臉躍躍欲試的模樣，店員指著按鍵說道：「不然你試試看？」

承世走近螢幕，低頭看著五彩繽紛的按鈕，伸手按了下去！

完美專賣店

爸爸：髮型選擇捲捲的金髮，五官要像外國人一樣深邃，職業是公司大老闆，性格溫和，完全不會拘束孩子的行為……

媽媽：有一頭美麗的波浪捲，長得比林志玲還要漂亮，是個愛美的家庭主婦，不喜歡說話，更不喜歡對孩子嘮叨……

一項一項從無到有，承世一一設定完成，看著螢幕上那帥氣美麗的爸媽露出迷人的微笑，和現實中的爸媽截然不同，承世不禁心想：如果這是我的爸媽該有多好？

「那麼你要將完美父母生產出來了嗎？如果確定了，請按 Enter。」

「等等！」承世心慌的喊停：「可是……我沒有錢。」

「你不用付錢。」店員一板一眼的回答：「製造完美父母的代價，是父母對你的愛。」

父母的愛？爸爸媽媽愛他嗎？回想起昨晚爸爸對他的怒吼、媽媽的冷眼旁觀，還有今早的衝突，爸媽對他的愛就像那張薄如蟬翼的衛生紙吧？說不定用過即丟。既然如此，他拿這種愛去換理想中的父母，不是更好嗎！

「好！我答應！」

「完美父母製造出來後，就會是你的爸爸媽媽，我們也會覆蓋所有人的記憶……」

承世揉揉眼睛，咦？怎麼又回到家裡了？

環顧四周，和今早出門的時候一模一樣，可是……承世突然睜大雙眼：那坐在餐桌前看著報紙、長得像外國人的是他爸爸嗎！

「承世，我要出門上班了，這是媽媽留給你的早餐錢。她趕著去燙頭髮，你自己去外面買早餐吃。」爸爸放下報紙，笑瞇瞇的對他說話。這麼溫柔的爸爸，真不可思議。

承世拿著零用錢得意的走出門，才吃個早餐爸爸就給三百元，不愧是大公司的老闆。終於不用再喝難以下嚥的精力湯，承世走進夢寐以求的早餐店，點了兩份豬排總匯和兩杯奶茶，自在的享用起來，也因為這頓早餐讓他被老師記個遲到並寫聯絡本。

承世看著聯絡本上老師密密麻麻的留言，一下是請媽媽特別留意他的成績，一下又說他最近學習態度散漫……慘了，媽媽看到這些又要念他了。不過，媽媽應該也變成理想中的媽媽了吧！

帶著莫名的信心回到家裡，果然媽媽正在客廳裡看電視，對他回來也只是點頭示意一下。承世趁此機會，拿出老師寫的聯絡本，媽媽什麼也沒問，就在家長欄簽上了名字。

這生活簡直太棒了！爸爸不會罵人，媽媽也不會嘮叨，更不會管他的成績怎麼樣，他直接打開櫃子拿出ＰＳ４玩，爸媽也不再說什麼，這樣的生活真的……？

早上睡到八點四十，承世才懶洋洋起床，出了房門後桌上壓著三百元，沒有人在家，又是一個自己去上學的早晨。

早餐店的早餐太油膩，他吃多了會拉肚子，而且最近好像便祕了。

學校老師因為遲到和成績退步的事，找過媽媽來學校，老師憂心的說了一長串話後，媽媽只回答一句「我知道了」，把他帶回家後又去理髮店整理她的波浪捲。

承世把成績單壓在桌上，落寞的回到房裡。

爸爸回來後，也只是看了滿是紅字的成績單一眼，隨手就在上頭簽名。

「爸爸，你不罵我怎麼考得這麼爛？」聽到開門聲從房裡衝出來的承世，看到爸爸的舉動，瞬間紅了眼眶。

「我對你沒有太大的期待啊，考這樣就可以了。」爸爸溫柔的看著他，說：「你最近怎麼都不玩PS4了，玩膩了嗎？爸爸再給你零用錢買一台。」

爸爸話才剛說完，承世忽然大哭起來，剛進門的媽媽也嚇了一跳，連忙拿出鏡子端看自己的妝是否花掉了？

「你們……你們根本不關心我。」他懷念那個會嚴厲糾正的爸爸，還有什麼事情都問得詳細的媽媽，而不是這對「理想」的爸媽。承世邊哭邊哽咽的說：「你們把我的爸爸媽媽還給我，我要我的爸爸媽媽！」

爸爸還是那副溫柔的口氣。「你在說什麼？我們就是你的爸爸媽媽啊。」

「才不是……你們才不是！」承世環著自己的雙臂，大吼著：「你們才不是什麼完美的爸媽，我爸媽才是！把我的爸媽還給我！」

當這句話吼出來後，爸爸和媽媽突然靜止不動。

承世的一滴眼淚掉落地上，逐漸擴大成一個圓圈，曾經看過的店員又出現了，他對著承世深深一鞠躬。

「我們收到你對產品的抱怨了，對於不完美的產品，本店將進行回收，帶給你麻煩十分抱歉。」

「那我的爸爸媽媽……」承世話還未說完，那道虛擬人影就消失了。

承世揉揉眼睛，發現自己竟站在商店的機器前，而他的完美父母就在螢幕中，等著他重新選擇排列。

怎麼可能再選錯一次呢？承世笑了笑，轉身走出商店。

他已經迫不及待回去找最愛他的爸媽了！

——原載二〇一八年六月《滿天星》第九十四期

編委的話

曾芊華

應該每個小孩都想進去這家「完美專賣店」看看吧！如果不幸生在一個沒有愛的家庭裡，那樣的小孩一定更想要完美的爸爸媽媽。看完這篇故事會讓人感動想哭，珍惜我們擁有的幸福。

楊子函

父母不愛小孩，小孩就到完美專賣店換一個完美的父母。這個超級完美的想法，剛開始可能讓每個小孩十分開心，可是就如同故事最後，主角承世經歷過一些事，重新思考，就能重新感受父母的愛了。

趙芷語

這篇童話根本寫出天下所有孩子的心聲，小孩常被要求一百分完美，但是小孩有權利要求一百分完美的爸爸媽媽嗎？

詩仙的酒壺／施養慧

◎ 插畫／王淑慧

作者簡介

鹿港人，台東大學兒童文學研究所畢業，致力於童話創作。

已出版作品《小青》、《不出聲的悄悄話》、《338號養寵物》、《好骨怪成妖記》、《傑克，這真是太神奇了》，曾獲台東大學兒童文學獎。

童話觀

童話是最浪漫的文類，不僅讓凡人上山下海，也讓人間成了有情世界。

「今人不見古時月……古月？今月？」小傑瞄了一眼手中的《李太白詩集》，「喔！今月啦！今月曾經照古人。」

「廢話這麼多！」小傑拿起鉛筆，為李白畫上一個大口罩說：「現在空汙嚴重，便宜你了！」接著把月亮塗黑，興致一來，又畫了一株楊柳枝，插在詩仙的酒壺裡，「哈哈，菩薩的淨瓶借你，記得小心使用。」

「欺人太甚！」李白大吼一聲，從書裡走出來。

詩仙穿白袍戴黑帽，活生生的站在小傑面前。小傑第一次見到古人，還是千古名人，震驚程度有如睡夢中遇到五級強震。

詩仙果非凡人，儘管他的眼睛因飲酒過量而滿布血絲，但天生的靈氣依舊藏不住；銳利的眼神有如兩道劍光，將小傑逼至牆角。

詩仙不但文采過人，而且劍術精湛，可得罪不起。小傑馬上說：「對不起！我發誓，一定把您的詩全都背到滾瓜爛熟。」

「老子不稀罕！」詩仙左手拿著淨瓶，右手指著口罩說：「把這東西取下，把酒瓶還來！」

「還好是用鉛筆畫的，不然我就死定了。」小傑捏了把冷汗，鞠躬哈腰的說：「那您得到回書上，我才能改。」

「好好改，否則我把你抓進來當小廝。」

小傑拿出橡皮擦，擦掉口罩；見到楊柳枝，又心生一計，將楊柳枝改為吸管，再寫了幾個字。

「這是什麼？」詩仙大叫。

「珍珠奶茶，還附吸管吔。」

「給我酒！」

「好！好！」小傑擦掉吸管，又寫了幾個字。

詩仙還沒看瓶子，就聞到一股酸味，這回酒瓶裝了蘋果醋。

「小鬼！」

「喝醋很健康吔！」小傑擦掉蘋果醋，又改成西瓜汁、木瓜牛奶、綠茶多多……「對了，可樂，可樂你一定會喜歡。」

詩仙的右手凌空而出，一把拽住小傑說：「你為什麼就不能好好的寫個酒字？」

「我只是想讓你嘗嘗不同的飲料，或許……」小傑越說越小聲，「或許你會改掉酗酒的習慣……」

「我只要酒！」

小傑望著詩仙手臂浮現的青筋，趕緊照辦。

「這又是什麼？」

「我突然忘了酒怎麼寫？就寫了注音。」

「什麼是注音？我一輩子沒見過。來，我說你寫！三點水，再

加一個酉。」

小傑寫好，詩仙又吼：「這下我成賣油郎了！」

「你不是說三點水再加一個由？」

「算了算了！你這樣塗塗抹抹的，把我的酒瓶弄破可划不來。你什麼都別寫，把瓶子拭淨即可。」

小傑將瓶子擦乾淨後，詩仙馬上聞到熟悉的酒香，牛飲數口後，依然緊抓著小傑說：「把我的月亮還來！」

小傑終於把酒壺跟月亮還給詩仙，讓一切恢復平靜。

「竟然就這樣讓他走了，好歹也要問問他是否真的死於撈月？」小傑拿著詩集翻來翻去，從此不見詩仙，只聞到淡淡的酒香，「該不是酒壺被我擦破了……？」

——原載二〇一八年八月二十五日《國語日報・故事版》

編委的話

●曾芊華

我覺得故事主人翁小傑的行為好好笑，他和詩仙李白互動的過程，充滿想像力，讀了好像真的遇見唐朝的李白穿梭時空跑出來了。

●楊子函

這篇童話中的李白跟我們讀到歷史故事的描述不太一樣，形象非常逗趣，小傑想給詩仙很多種不同飲料，但是他只喜歡酒；此外李白精通劍術，實在是文武雙全。

●趙芷語

李白竟然從作業冒出來，而且作業裡的圖畫會有味道，透過作者擬人化的想像，瞬間讓唐代的李白距離我們好親近，好像隔壁親切有趣，有時又有點古怪的叔叔呵。

卷二

許願點心區

星願親子餐廳

／王宇清

◎ 插畫／李月玲

作者簡介

表面是人類，真實身分是一隻易怒害羞，滿口尖牙，會噴酸毒的妖怪。

曾獲：國語日報牧笛獎、九歌現代少兒文學獎、好書大家讀年度最佳讀物獎等。著有：《妖怪新聞社》系列、《願望小郵差》等。童話作品多見《小典藏》雜誌。

童話觀

盡力為讀者創作兼具「精緻創意」與「高度娛樂性」的故事。

1

終於到了！

可傑一家，今天要到一間名為「星願」的親子餐廳吃早午餐。可傑媽媽從網路上看介紹覺得不錯，想來試試。

餐廳位在郊區，可傑爸爸用衛星導航竟還找錯路，折騰了一陣，總算還是順利抵達了。

「放輕鬆親子餐廳」原是他們的最愛，但現在假日時總是人滿為患，一位難求，所以媽媽費心找了新的去處。這兒有遊戲區、超涼冷氣、寬敞的座位，加上用餐時間無限制，簡直就是天堂！

美中不足的是，這家餐廳沒有免費的無線網路。然而，媽媽辦了「上網吃到飽」，所以沒有太大的差異；而且因為沒有免費網路，人就不會太多難訂位，也算是好處。

不出媽媽所料，店裡人不多，讓她雀躍不已

「歡迎光臨！」一進門，一位高挑削瘦的男士迎了上來。「各位是第一次來吧！我是店長傑克。這是給小朋友首次來店的禮物。」

店長傑克一面說，一面遞給可傑一個禮盒。

「哇！是手錶耶！」一拆開，就讓可傑喜出望外！禮物手錶設計非常帥氣，金屬黑色的表面上刻著神祕的花紋，還有幾個超炫按鈕，他愛不釋手，立刻戴上。

「只要憑這支錶，小朋友的飲料免費。」店長親切的說。

「萬歲！」可傑驚呼，媽媽和爸爸更是滿意的相視而笑。

他們在店裡一連待了好幾個鐘頭。

2

今天不知已是第幾次來「星願」了。

照例，爸媽滑起手機，可傑也玩起平板。

爸媽為了不被打擾，可傑因此得到了一台平板電腦，專供平時不准上網的他，來餐廳玩線上遊戲。

玩了一會兒，他注意到手錶上的一顆按鈕，竟隱隱閃動銀光。他覺得奇怪，順手按了下去。

咻～四周突然開始旋轉起來，但他搞不清究竟是他在旋轉，還是整個世界在旋轉？

當他晃晃腦袋，以為自己頭昏時，卻赫然發現，自己身處在一個陌生的房間裡！

「爸！媽！你們在哪裡！」可傑緊張大喊，卻毫無回應。這裡是哪裡？一片茫然中，他努力辨認自己的所在位置；前一刻自己分明還和爸媽待在餐廳裡的呀？

「你好！歡迎！」一對和善又優雅的夫妻，出現在他的面前。

「叔叔、阿姨，我迷路了，我找不到我爸媽……」見有大人出現，可傑趕忙求救。

「不要擔心！」他們安撫可傑，還遞給他一杯冷飲。「你先別緊張，聽星兒說。」

星兒？

這時，一位和自己年紀相仿的女孩走了過來。

「嗨，我是星兒。」女孩說，「你現在所在的，是一個叫星願的時空，這裡是巴叔巴姨的家。」

「什麼？星願時空？巴叔巴姨家？」可傑仍一頭霧水。

「你冷靜聽我說完，這裡是一個神奇的、專屬於孩子的魔法時空。」

「魔法時空？」

「只要你的爸媽滑手機忘了你，那些時光就會累積在手錶中，產生神奇的效果。」星兒繼續解釋，「儲存在手錶裡的時間，可以轉換成星願空間的時間。一分鐘可以換半個小時喔！」

「你看，我也有一個！」星兒晃晃手。

「像……電影裡面的一樣？」原本就有些膽怯的可傑仍是不敢相信。

他看了看星兒，又望望她口中的巴叔和巴姨，他們仍是一臉笑容望著他。

「哇！我不想待在這裡！讓我回去！」眼前這不可思議的一切，還是讓可傑無法安心！

「別怕！」星兒連聲安撫，「只要按下紅按鈕，隨時可以回到原來的時空……」

沒等星兒說完，可傑連忙按下按鈕。

他發現，他又好端端坐在星願餐廳的椅子上，爸媽依舊在一旁低頭把玩手機。剛剛發生的一切，究竟是一場夢，還是……

「嘿！我還沒說完呢！」

哇！是……星兒！可傑嚇得差點從椅子上摔落。爸媽只是稍微抬頭瞄了他一下，又低下頭去。

星兒指指另一桌，一對夫妻同樣全神貫注在手機上。可傑意會過來，那應是星兒的爸媽。

「我還沒說完！當你回到現實，你爸媽根本不會注意到發生什麼事。」女孩解釋，「用不完的時間，還可以積存起來。」

可傑盯著手上的手錶，不知該相信什麼才好。

「一開始都會害怕，這很正常，」星兒說。「我還有時間，如果你還有興趣，我陪你再去一次，好嗎？」

「可是去那裡能做什麼？」

「跟我來就知道啦！」

有了星兒陪伴，可傑的好奇逐漸勝過了不安。同齡女孩都不怕了，自己怕什麼？

「好，數到三，一起按下按鈕。」星兒說，「一、二、三！」

咻！

又一次天旋地轉，但可傑不那麼害怕了。

3

當他們又來到星願空間時，巴叔叔和巴阿姨仍是熱情親切的歡迎他。

「在這裡，有什麼你想要爸媽陪你做卻沒達成的事，都可以請巴叔巴姨幫你。」星兒微笑著，「他們就像是守護精靈，專門負責照顧來訪的孩子，就把他們當成乾爹乾媽吧！」

星兒熱情的領著他熟悉環境。據星兒說，她可是最早來到這裡的孩子呢！

這時，阿克、希文、立恩、寧寧也陸續到來。

「哎喲！怎麼回事，你們之前約好了嗎？」

每個人見到巴叔巴姨，都非常開心，纏著巴姨吃點心喝飲料，纏著巴叔說故事玩遊戲。據星兒說，不論他們提出什麼要求，巴叔巴姨總是和藹可親，充滿耐心滿足他們。

「請問，可以玩桌遊嗎？」名叫立恩的孩子問巴叔。

可傑想起，以前他也常纏著爸爸買桌遊陪他玩。結果買是買了，但爸爸卻老是邊玩邊滑手機，心不在焉，最後也同樣不再陪他了。

「當然！」巴叔說，「這裡什麼都有！誰想加入？」

「……我！」大聲回答的正是可傑，連他自己都嚇了一跳。

「好！我也一起！」星兒也加入戰局。

巴叔非常會帶玩，參加的人迅速領略了遊戲的規則，玩得驚呼連連，笑聲不斷。

氣氛熱烈，一局接著一局，可傑跟大家的距離一下子拉近了。無論巴叔和巴姨究竟是何方神聖，他們的確讓這裡充滿家的溫暖。

逼逼！

「喔！討厭，我的時間用完了！」立恩沮喪的看著發出嗚聲的手錶。「好想再繼續玩下去喔！」

「下次再一起玩吧！」可傑說。

「好！」

他們約定，下次再一起回到這裡。經過同伴的介紹，可傑更明白，手錶還有聯繫的功能，每當同伴呼叫，就會震動。

他好久沒有這樣開心了。輕輕觸摸著手錶，他仍舊有種不真實的感覺。

那天晚上，他夢見他又到巴叔巴姨的家去，開心的玩……

這一陣子，可傑注意到，只要他希望爸媽陪他，爸媽卻只盯著手機不理他的時候，手錶就會進入「時間儲蓄」模式；如此一來，以往對爸媽只顧滑手機的百般無奈，現在反而帶來興奮與期待。只要爸媽滑手機不理他的時間越多，就能擁有更多在星願世界的歡樂時光。他也發現，只要他玩平板，手錶儲蓄的時間也會流失。然而，只要能夠多存一點到星願世界的時間，原本熱愛的享受都變得可以捨棄。誰不希望在星願時空待久些呢？

相熟之後，可傑慢慢發現，同伴們全因相同的理由來到星願空間。

大部分的時候，他們一起遊戲；有時候，他們也會幫忙巴叔巴姨整理家務。巴姨會教他們烹調美味的餐點，巴叔則會教他們使用工具，修理東西。

幾次到訪之後，他們的感情越來越好。對於沒有手足的可傑來說，更顯珍貴。而總是陪伴在他們身旁，從不失去耐性的巴叔巴姨，更常讓可傑覺得，他們彷彿是最完美的爸爸媽媽。

在星願時空裡，可傑享受了前所未有的關懷和自在。

漸漸的，可傑越來越著迷待在星願空間的時光了。越來越多時候，他還真不想回去哪！

4

這次聚會的時候，可傑提議去露營。對於露營的提議，所有人都很興奮，約好累積了一定的時間量，要巴叔帶他們進行長時間的露營。

巴叔問他，想去什麼樣的地方露營。可傑告訴巴叔，希望到一個旁邊有樹林的湖畔露營，晚上能看到滿天的星光，那是他最懷念的景象……

「哈！哈！哈！我知道了！」巴叔爽朗的笑聲，聽起來彷彿是小事一樁。「我非常樂意，而且期待帶你去露營喔！讓我來好好準備一下，給我點時間。」

爸媽以前曾經帶可傑露營過幾次，但同樣因為爸媽忙而停止了。這一陣子他也才跟爸爸媽媽提過，請爸媽再帶他去露營，但是爸爸說，太累太麻煩，媽媽則說，改天有空再說……

經過一段時間的忍耐，他們各自累積了足夠的時間，巴叔巴姨開著小巴士，帶他們出門露營去，進行為期一個月的野地露營。

巴叔載著他們，一路唱歌，開了好遠的路，到了一處位於山腳下的美麗湖畔紮營。他們舉行了刺激的野外尋寶，在湖裡游泳，晚上舉行營火晚會、烤肉，聊天聊到深夜，然後睡到自然醒！

這一趟露營，果然沒有讓可傑失望。尤其讓他驚喜的是，宿營地的星空景觀美麗極了。

「要是能再跟爸媽一起去露營，哪怕只有一個晚上，一定也很棒……」不知為何，可傑總在最快樂的時候，想起爸媽。

回到現實，他忍不住再次向爸媽表達全家露營的渴望。

「最近沒空啦。」爸媽竟異口同聲。可傑下定決心，不再開口提議了。

5

「哎喲！」這天，可傑發現自己的衣服、褲子都變得緊繃，向媽媽發牢騷。

媽媽吃驚望著可傑：「這個暑假，你身高長了不少呀？」

「是嗎？」

他跑到門邊，幫自己的身高做了個記號。嘿！真的耶，暑假才過了一個月，他竟然長高了五公分。

「會不會長太快了些啊？」媽媽問，「你才要升三年級，是吃太多了嗎？」

一般來說，小孩長高是令人高興的事，於是媽媽也沒有再多問。

就這樣，暑假爸爸白天去上班，媽媽就常常帶著他到星願餐廳去「消磨時光」，可傑累積的星願時間，比其他人都還快。他有比別人更多的時間去巴叔巴姨的世界去。

超乎了自己的預期，才過一陣子，他發現自己的衣服又穿不下了，身高又更高了。

媽媽這時才覺得不太對勁。

「你好像長得有點太快了！我帶你去醫院做檢查。」

經過醫師診斷，他認為可傑的身體比正常人老化得更快速好幾倍，但是，他卻無法確認原因。

「他的身體機能都正常，實在不尋常。」醫師說，「不過，若照這樣的速度……恐怕會一下子變成大人、衰老……」

「什麼！」

「我建議讓可傑到大醫院去，做更精密的檢查。」

不只媽媽，連可傑自己也被嚇壞了。

他躲到星願世界去，想向巴叔巴姨和同伴們訴苦。

巴叔巴姨聽了，只是安慰他，說一定會沒事的。而其他的孩子也多少有長高，只是他長得特別快。

「好好喔！我也想長快一點！」大家紛紛表示羨慕，讓可傑稍稍放心了些。

不過，可傑卻赫然發現，有一個孩子，一點變化都沒有，那就是星兒。記得剛碰面的時候，星兒還比他高了一些，現在，星兒站在他身邊，簡直就像大哥哥和小妹妹一樣。

「為什麼星兒妳都不會長高？」可傑問星兒。

「我……」星兒欲言又止，似乎有苦難言。

「妳是不是有什麼祕密?!」見星兒吞吞吐吐，可傑起了疑心，不由得提高了嗓門。

「嗚……」平時總是無比開朗的星兒，突然哭了起來。

「怎麼了？」其他的同伴紛紛過來關心。

「我……」可傑轉過頭，想向星兒道歉，星兒卻已經離開星願空間，消失了。

他向同伴們解釋，他們卻覺得是可傑想多了，星兒只是發育得比較慢，個子嬌小而已。同伴們的熱情陪伴，讓他暫且忘記了煩惱。

6

然而，現實中，為了可傑的怪病，爸爸媽媽最近沒有心情到親子餐廳去了。他們對他變得十分關心，不再因為滑手機而忽略他；媽媽甚至還每天睡在他身旁哩！

照這種速度，自己很快就會變成一個白髮爺爺了吧？可傑沒有辦法判斷，自己到底會不會害怕……

為了可傑的怪病，媽媽真是急壞了，平時沒信仰的她，甚至還帶著可傑到處拜拜，請人驅邪。

他們又跑了好幾家大醫院，仍是得到一樣的結果。

由於爸媽幾乎一直陪著他，可傑手錶累積的時間，也迅速銳減。自己是從什麼時候開始快速長大的呢？可傑思索著。啊！對了，應該是從去了星願空間之後！

莫非……一個念頭閃過可傑的腦海，難道這是前往星願時空的副作用……不、不可能。

他忍不住進行了測試。果然，每次回到現實，他的身高就會變高一些，體重也會有變化。比較一個月前的照片，自己的臉型也有些微妙的差異，變得成熟了些。換個角度來說，他的確正在快速變老！

想起焦躁憔悴的媽媽。可傑很不忍心。可是，要自己立刻不再到星願時空去，自己也捨不得。畢竟，那是帶給他無比幸福的樂園呀！

想到這裡，可傑突然警覺，已經好一陣子沒有看見星兒了。莫非，她的父母已經不再滑手機了？還是還在生自己的氣？

可傑既擔心又自責。

這天，可傑趁著媽媽忙家事的時候，溜到星願餐廳去，想要看看能不能遇見星兒。

運氣真好，他果真遇見了星兒的爸媽！第一次遇見星兒的時候，他曾見過。

「伯父、伯母你們好！請問星兒今天沒有一起來嗎？」他興奮的上前詢問。他好想見星兒一面，向她道歉。

只見星兒的爸媽你看看我，我看看你，一臉茫然的說：「你在說誰？」

「星兒啊，你們的女兒？我是他的朋友。」

只見他們皺著眉頭，似乎不太高興可傑的打擾。

「我們沒有孩子，你搞錯了！」

什麼？可傑一陣頭暈。

那麼，星兒去了哪裡？她又是誰？來自何方？

7

「媽媽……我跟您說……」可傑忍不住了，決定把星願親子餐廳發生的事情，告訴媽媽。

但是媽媽當然不相信。

「這怎麼可能，傻孩子！」

「媽媽，是真的！」為了減輕媽媽的痛苦，可傑鐵了心要讓媽媽相信。

「您注意看！」可傑按下按鈕。

「媽媽！」

「什麼？」可傑前往星願空間，待了一個月，接著返回現實空間。

「媽……」

媽媽一見到可傑，差點昏了過去，因為一瞬間，可傑又長高了不少。

「給我丟掉！」她歇斯底里似的把可傑的手錶強拆下。

「媽！不要！」

手錶被重重摔個粉碎，丟進了垃圾桶。

他們一家，懷著忐忑的心情前往星願親子餐廳。媽媽的神情很緊張，畢竟，這不是一件尋常的事情。

爸爸本來提議要找道士一同前往，但媽媽說，還是先到餐廳去問問店長，到底怎麼回事。

然而，抵達餐廳時，星願親子餐廳的店長，和裡頭的服務人員，全是陌生的臉孔！不僅如此，店長堅持自創店以來，從未換人經營，更未曾見過可傑一家。

他們瞠目結舌，傻傻呆立在原地。

「我們快離開這裡吧！」爸爸媽媽覺得害怕起來，轉身就要離開。

這時，一個身影出現在可傑的面前，是——星兒！

「星兒！」

「可傑！你在做什麼？我們快離開這裡！」可傑意識到，爸媽看不見星兒！

「可傑，對不起，我不是故意讓你們害怕的……」星兒的微笑裡，滿是歉疚。

「星兒……」見到星兒，可傑又是高興，又有點害怕，他有好多話想問星兒……

「可傑，快走了！」

「其實我……」

星兒似乎還有話要說，但爸媽扯起可傑的手，強行將他拉走。

「星兒！」

「二〇一四年二月十五日……」

當可傑回頭，還來不及說再見，星兒已經消失了。

星兒說的「二〇一四年二月十五日」，到底是什麼意思呢？回家後，可傑無論上網還是舊報紙裡，都搜尋不到任何和星兒相關的紀錄。

星兒，究竟是誰？

或許，星兒是幽靈吧？可傑猜想，如果是這樣，他也不害怕。因為，他相信星兒是為了給自己帶來幸福和歡樂，來到他身邊的。

8

「今天，我也能跟你們一起睡嗎？」

夜裡，爸爸一臉愧疚，出現在可傑房間。他們已經好久沒有一起睡了。

「孩子啊，你怎麼一下子就長大了？媽媽都沒有好好陪你，真對不起。」媽媽擁抱著可傑，向他道歉。

「兒子啊，爸爸也對不起你，總是跳票，也沒專心陪你。你能原諒我嗎？」

躺在床上，可傑看著爸媽，覺得他們似乎一下蒼老了不少。

「爸、媽，你們還記得我們第一次露營，滿天星星的夜空嗎？」可傑怕爸媽難過，趕忙轉移話題。「那時候，好幸福喔！」

「我還記得，那時候，我向星空許願，我們全家要常常一起出來露營，直到永遠。」

「嗯！我們許了能夠好好陪伴可傑，快樂長大的願望。」

他們聊起了從前許多美好的時光，被窩裡三個人眼中帶著淚光，哭了，也笑了。聊著聊著，不知不覺中，他們相擁著進入了夢鄉，睡了一個好長一段時間以來，未曾有的好覺。

只是，他們卻沒發現——可傑的身體，早就恢復正常啦！而可傑桌上擺著的相片，正是第一次露營那天他們全家在滿天星斗下，綻放燦爛笑容的合照，日期寫著：

「二〇一四年二月十五」

那靜靜立著的照片裡，可傑一家身後浩繁燦爛的星空中，有顆星星格外明亮。此刻，她同樣正在窗外的夜空裡，照看著他們，一閃一閃，一閃一閃。

——本文榮獲一〇七年教育部創作獎教師組童話類佳作

編委的話

● **曾芊華**

這是一間奇妙的餐廳，被大人忽略的小孩會在那裡得到安慰。作者說故事的感覺很溫柔，緩緩慢慢的把一個動人的故事說給我們聽，也得到許多啟發反省。

● **楊子函**

小孩都需要陪伴，不管是多麼自立自強的小孩，有時也會孤單脆弱，需要大人在身邊，偏偏現在的大人都很忙。故事裡的可傑就是被大人忙碌忽視，他的爸媽直到發生事情才想彌補，幸好結果是圓滿解決了問題，否則他的爸媽可能會後悔一輩子。讀這篇童話真的很感人，又有啟發性。

● **趙芷語**

現代社會的確很多家長會因為一直滑手機，或忙於工作，忘記多關心小孩。這篇故事裡的主人可傑，他的爸媽就是這樣。可傑掉入星願時空的情節，雖然好像受到關懷和自在，但仔細想想還是叫人感到心酸，畢竟這是被幻想出來的世界。

泡菜小翠尋寶記

／鄭宗弦

◎ 插畫／李月玲

作者簡介

文學獎的得獎高手，作品涵蓋少兒與成人文學。

著作有：《媽祖回娘家》、「少年總鋪師」、「鄭宗弦的生命教育」、「香腸班長妙老師」、「豬頭小偵探」、「來自星星的小偵探」、「穿越故宮大冒險」、「少年廚俠」、「枯山水」等系列共百本書。

童話觀

童話是想像力的馳騁，趣味的調劑，最大的內涵是「愛」的學習。

大人與孩子分享學習「愛」的進行式：從學習愛自己開始，進而愛別人，幫助別人，到最後練習無私的付出。

閱讀一篇童話故事便是一趟學習之旅，也是一次美妙的修行。

「泡菜小翠」是大白菜小翠的綽號。

沒錯，她就是身上有許多翠綠的葉子，可以變身成泡菜的那種大白菜。

如果她願意在身上抹辣椒醬，變身成酸酸辣辣的泡菜，那就會像明星那樣，得到大家瘋狂的喜愛。不過小翠不喜歡當明星，她只想做一棵清清白白，又熱心助人的大白菜。

既然不想當泡菜，為什麼她的綽號是「泡菜小翠」呢？

那跟泡菜無關，而是因為小翠有一種神奇的能力。

她很會吹泡泡。不必嚼口香糖喔！她直接用嘴巴就能吹出好大的泡泡，而且還能用泡泡包住自己的身體，潛進水裡面呢！

「很會吹泡泡的大白菜小翠」這綽號太長了，不好念，因此人家就叫她「泡菜小翠」。

她很喜歡玩這種遊戲，所以選擇離海口很近的一條河邊住下來，常常潛到水裡面去玩。

有一天，她正要去潛水，忽然看見一隻小螽斯坐在岸邊哭著。

她關心的問他：「發生什麼事了？」

小螽斯說：「我在對岸撿到一顆美麗的黃色鑽石，然後扛著它飛過來，要帶回去我家。沒想到飛到河上，吹來一陣風把鑽石吹落，它就掉進河裡了。」

「不要難過，我幫你找。」

泡菜小翠一說完，立刻吹了一個大泡泡，把自己包進去裡面，然後跳進河裡面。

她在河水中到處尋找，都沒有看到鑽石。

她走回岸上對小螽斯說：「那顆鑽石很可能隨著河水流進大海了，你在這裡等著，我到海裡去找找看。」

她說完又吹了泡泡潛進河裡，然後順著水流流進大海。

一隻小海龜從前面游過來，她向他打招呼：「嗨！你好。請問你有沒有看到一顆鑽石？」

小海龜說：「有啊！剛剛我遇到小丑魚，他叼著鑽石，到處問人有沒有遺失鑽石。」

「原來被小丑魚撿走了。」泡菜小翠高興的說。「他在哪裡呢？」

小海龜說：「他往北邊游走了。」

她向小海龜道謝後，趕快往北邊游去。

不久，一團黑黑的影子遠遠的、悄悄的從她身邊繞過。那是一隻大白鯊，一張口就把她咬進肚子，也把泡泡戳破了。

「啊——」

泡菜小翠告訴自己不要緊張，她開始用力的吹氣，吹了一個很大的泡泡，把大白鯊的肚子撐得像大鼓一樣，就快要破掉了。

大白鯊好難受，趕緊把她吐出來，然後慌忙的逃走。

泡菜小翠繼續尋找，可是找了老半天都沒有看到小丑魚，卻遇到了大章魚。

「請問你有看到小丑魚嗎？」她問。

「沒有。」大章魚回答。

「奇怪，我找了好久都找不到小丑魚，難道他被大白鯊吃掉了嗎？」

泡菜小翠難過的說。「可是我剛剛被大白鯊吞進肚子，並沒有看到裡面有其他東西啊！」

大章魚也覺得奇怪，說：「難道他不在海裡了嗎？」

泡菜小翠靈機一動，對大章魚說：「你願不願意陪我到天上去找？」

「可以啊！可是怎麼去？」

她往大章魚的嘴巴裡吹泡泡，一下子就把大章魚吹成一個大氣球，並且往上飄。大章魚就用八條爪子抓住泡菜小翠，慢慢的帶她離開海洋，飛到天上。

他們從空中往下看，看到一個小島上有個怪東西。

他們飄過去看，發現那是小丑魚趴在沙灘上，嘴巴旁邊還掉落了一顆閃閃發亮的黃鑽石。原來小丑魚為了尋找鑽石的主人，花光了力氣，被海浪沖到這兒。

大章魚把肚子裡的氣吐出來，他們就慢慢降落在沙灘上。

眼看小丑魚就快要死掉了，泡菜小翠急忙吹了一個泡泡，灌進小丑魚的肚子裡，把他救醒了。

泡菜小翠說：「這顆鑽石的主人是小螽斯，我幫你拿去還給他。」

「太好了，終於找到失主了。」小丑魚跳進海裡，游走了。

大章魚說：「再把我灌成大氣球吧！我帶你回家。」

泡菜小翠又吹氣到大章魚的肚子裡，他們很快的飛回到河邊，大章魚就回到水裡去了。

小螽斯拿到鑽石，開心的說：「太棒了，謝謝你。」

這時卻從對岸飛來一隻大蝗蟲，慌張的問：「請問有沒有人看到我的鑽石？」

小螽斯把鑽石藏到身體後面，問他說：「什麼樣的鑽石？」

「一顆黃色的鑽石。」大蝗蟲難過的說。「那是我媽媽送我的生日禮物，本來藏在我家的枯葉堆中，我早上出去玩，回家就發現不見了。」

「哪裡的枯葉堆？」小螽斯又問。

大蝗蟲說：「就是河對岸，大石頭旁邊的枯葉堆。」

小翠轉頭問小螽斯：「你不是剛好撿到一顆鑽石？」

小螽斯這才不好意思的，從背後拿出那顆鑽石，說：「是不是這一顆？」

「沒錯！這就是我的鑽石。」大蝗蟲好驚喜。

小螽斯說：「還給你。我本來以為是沒人的東西，想帶回家去。」

大蝗蟲拿回鑽石，感激的說：「謝謝你。」

「不，你不必感謝我。」小螽斯抱歉的說。「是我不應該亂撿東西，更不該想要把它帶回家，對不起。」

「沒關係。」大蝗蟲說。

小螽斯又說：「還好你有來找鑽石，我也恰好遇到你，可以物歸原主，不然我就變成小偷了。」

「太好了。」泡菜小翠開心的說。「大家做個好朋友吧！」

「好啊！」小蝗蟲和大螽斯手拉手一起回答。

「走！我帶你們去潛水。」泡菜小翠說。

「你們平常在陸上跳，在天上飛，從沒玩過潛水。非常好玩喔！」

「好！」小蝗蟲和大螽斯興致勃勃的跳到泡菜小翠的頭上。

「呼……」泡菜小翠吹了一個好大的泡泡把大家都包起來，然後跳進河裡。

「喲呵——」

「哇——」

真的好刺激啊！

——原載二〇一八年二月《未來兒童》第四十七期

編委的話

● 曾芊華

泡菜小翠實在好厲害！她身上好像有魔法，可以吹泡泡帶自己潛入海底，還救了差點死掉的小丑魚。這是不是要證明小翠不是只適合做泡菜，也能當英雄呢！

● 楊子函

泡菜小翠以助人為樂，幫助了很多人，而螽斯很誠實，他原本想把鑽石占為己有，但是後來還是把鑽石還給了大蝗蟲，他的誠實坦白很有勇氣。作者明顯把故宮裡的文物寫成童話，取材很特別。

● **趙芷語**

泡菜小翠好好玩喔！可以不用嚼口香糖就吹出泡泡，還能把自己包起來到海裡玩，作者不凡的想像力，讓故事情節相當豐富好看。

返　　家／劉碧玲

◎ 插畫／劉彤渲

作者簡介

台灣雲林縣人，實踐大學國貿系畢。

維持最久的工作是家庭主婦，維持最久的興趣是寫作。

童話觀

哪裡有歡樂，哪裡有笑聲，那裡就是童話。

小蝸牛是被冷醒過來的，他記得現在是初夏，怎麼會如此冷呢。越來越冷，小蝸牛冷得受不了，決定動一動讓身體熱起來，他爬了很久，發現四周的景色一點也沒有變化，放眼看去除了桑葚還是桑葚。看著紫得發黑的桑葚，再也不覺得它們很漂亮了，就是為了欣賞桑葚的美才會忘記媽媽的告誡，不要自己一個爬太高太遠，這樣會找不到回家的路。

其實小蝸牛在冰箱被冷藏了，他像冬眠一樣，身體的一切活動幾乎停止。過了一段時間，小蝸牛彷彿聽見有人說話的聲音。

「今天媽媽要把冰箱裡的桑葚拿出來煮成桑葚汁，等你下課回家就能喝一杯又冰又涼的桑葚汁。」

「媽，我上學要遲到了。」

「好，桑葚我先放水槽，送你到學校回來再處理。」

小蝸牛這次是被熱醒過來的，全身暖和和的。以後一定要聽媽媽的話，不再爬太高太遠。他努力爬，雖然四周的景物如此陌生，他仍一直爬不敢停下來。

「咦？哪來的蝸牛。」

又是人的說話聲，小蝸牛嚇得不敢動，他想起媽媽曾經說過的話。人們看到蝸牛若是喊出「哪來的蝸牛」這句話，代表蝸牛出現在不該出現的地方。以靜制動，以不變應萬變。小蝸牛動也不動停在原地，沒多久他覺得自己騰空，沒有翅膀怎麼會飛，唯一可能是有人抓住他，他快速把頭縮進殼裡面。

「小蝸牛，瞧你的殼還是透明的呢，一定是迷路了，我帶你到公園，你快回去找媽媽。」

小蝸牛感覺自己又踩到土地，他伸出頭來，公園和桑葚園不一樣，這兒不是他的家，雖然花香草香和鳥叫聲和他的家差不多，但他想起來，他的家在宜蘭，因為桑葚園主人總是把我們宜蘭啊掛在嘴邊說。

小蝸牛很高興終於想起來家住哪裡，他拚命的吃，因為吃飽才有體力走回家去找媽媽。

「喂，新來的蝸牛，你吃太快會肚子痛，草這麼多，不會有人跟你搶，一輩子也吃不完。」

小蝸牛看到很多隻蝸牛，更加放心，這麼多好朋友，可見這兒離他家不遠。

「你們好，我家在桑葚園，我要快點吃飽才有體力走回家。」

「這附近沒有桑葚園，只有一棵桑葚樹而已，你家恐怕離這兒很遠吧，這兒是台北，你家在哪？」

「我家在宜蘭。」

蝸牛們七嘴八舌討論宜蘭在哪裡，離台北遠不遠，以蝸牛的速度走路走幾天會到。其中一隻叫做萬事通的蝸牛，他的頭上除了有一般蝸牛的觸角之外，還有一根特別長的觸角，像天線一樣長。

萬事通蝸牛的長觸角往天空轉了幾圈之後對小蝸牛說。

「依照我剛才攔截到的資料，台北和宜蘭的距離，不同

路徑，不同交通工具還有不同的行駛速度就會有不同的距離和到達時間。比如，開車約五十二點二公里，一小時左右，有的路徑開車約七一・四公里，一小時四十一分鐘左右，如果走路，約六十五・五公里，以人類的腳程大約走十六小時二十三分鐘左右，若是飛行，約三十七公里二・八分鐘。如果是我們蝸牛的腳程呢，我算算要走多久喔。」

所有的蝸牛都屏息等待萬事通蝸牛的答案。

「算得我腦子差點當機，因為我的腦子沒有天文數字，倒是出現一個符號，∞。」

萬事通蝸牛在地上爬出一個∞。所有蝸牛越看頭越歪，幾乎要躺到地上看還是看不懂。

「8小時？8天？8個月？8年？」所有蝸牛都茫然了，八年對他們來說何止一輩子啊。

「看樣子除了飛之外再沒有其他辦法了，可是蝸牛只有殼沒有翅膀，小蝸牛要怎麼飛回家？」

「簡單，找有翅膀的朋友幫忙不就行了。」

蝴蝶難得看到一群蝸牛聚集一起討論事情，他停在杜鵑花上好奇問蝸牛。

「你們在聊些什麼呢，最近發生什麼有趣的事嗎？」

「你來得正好，你可以帶這隻宜蘭小蝸牛回家嗎？他迷路了。」

「我又不是斑蝶，沒有遷徙的習慣，我可沒體力飛那麼遠，何況，以我的身材，怎麼帶得動他飛，你們還是找別人問問吧。」

蝴蝶說完話飛走，被拒絕的小蝸牛很傷心，他想起媽媽找不到他的著急模樣，哭了起來。蝸牛們輪流安慰他，會飛的又不是只有蝴蝶啊。

萬事通蝸牛知道蝴蝶的拒絕是對的，他要大家不要生蝴蝶的氣，現在要找的是比蝸牛還要大很多而且會飛的朋友。

一天一天過去，小蝸牛的殼不再是透明的，他已經長成一隻大蝸牛，雖然還是沒找到回家的方法，不過他一直抱著希望，直到萬事通問過麻雀之後，小蝸牛才真正的絕望，這一整天他把自己縮在殼裡面不吃不喝。

「不是我不願意帶小蝸牛，不，是大蝸牛，帶他飛不是問題，可是我不是一隻候鳥，對遠距離飛行沒把握，台北到宜蘭，說不定我也會迷路，你說的公里我無法換算成我們麻雀的單位距離，飛去還要飛回來，有經驗的候鳥才辦得到，要不，我要是遇到候鳥，幫你問問，台北宜蘭這條路線他們熟嗎？」

小蝸牛爬上桑葚樹，坐在桑葚的葉子上哭泣。

「小甜，爸爸等著載我們回宜蘭給阿公慶生，阿公家有整片的桑葚園，為什麼非要現在摘桑葚葉呢。」

「我怕路上塞車蠶寶寶沒有桑葚樹葉吃會餓肚子，我只摘五片，五片就好，很快。」

小甜匆忙摘了五片桑葚葉子放在蠶寶寶的盒子裡，坐上爸爸的車往高速公路開去。

蠶寶寶很快吃光五片葉子，沒想到竟看到一個不速之客，一隻蝸牛，蠶寶寶驚訝得想開口問卻是哈欠連連，睡意一陣一陣來襲，蠶寶寶睡著了。

小甜拿著蠶寶寶盒子去桑葚園找阿公摘桑

葚葉，阿公打開桑葚盒子看到盒子裡的蝸牛，會心一笑，小甜的阿公抓住蝸牛放在他的手心。

「我們宜蘭啊，最好了，對不對？」

阿公把蝸牛放在桑葚樹，小蝸牛聞到桑葚樹興奮開始往下爬，那是他熟悉的家的味道，他回家了，他要快點去找媽媽。

——原載二〇一八年六月十八～十九日《國語日報・故事版》

編委的話

● 曾芊華

小蝸牛有點傻傻的，講好聽是天真，迷路到台北又想慢慢爬回宜蘭，幸好他沒放棄，最後還是幸運回到家中。

●**楊子函**

迷路在大城市台北，小蝸牛一定很著急。但他很幸運最後還能返家，要是繼續留在城市不知會發生什麼事？

●**趙芷語**

這篇故事讓人想起養蠶寶寶的時光，也會使我想像：如果我是那隻小蝸牛會怎樣呢？整篇故事很寫實生活化，但是用小蝸牛的眼光看事情，角度不一樣，世界就好像也變不一樣了。

卷三

魔法零食區

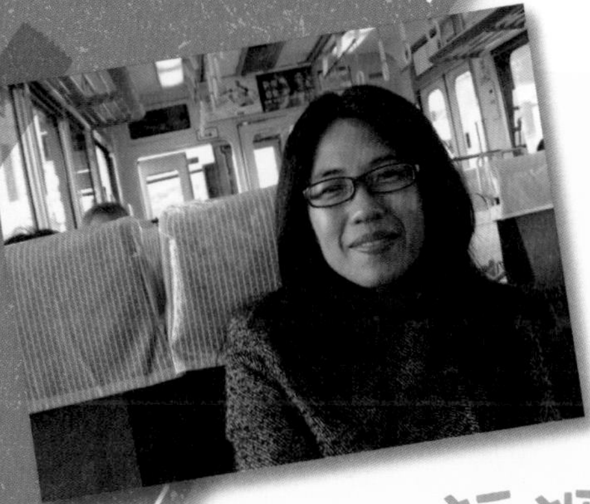

狐狸薄荷糖／賴曉珍

◎ 插畫／劉彤渲

作者簡介

淡江大學德文系畢業。寫作超過二十年，已出版童書三十餘本，並有韓文版和簡體字版。曾獲金鼎獎、開卷年度最佳童書獎、九歌現代少兒文學獎、國語日報牧笛獎、好書大家讀年度最佳童書等獎項。

童話觀

童話是自由的，它可大可小，可長可短，可方可圓，可可愛可詼諧。童話也有它的責任。我認為，好的童話必須好看，並具有閱讀後被思考的延伸意義，因此我期許自己的作品質重於量，希望讀者讀完後心中能留下懸念、思考到什麼。

森林裡，黃水仙花的花苞冒出來了。

小狐狸看見了，衝回家大喊：「奶奶，春天來了，我長大了，可以出門旅行啦！」

狐狸奶奶正在煮糖漿，笑著說：「我今天剛好做了薄荷糖。也好，你去整理行李吧！」

狐狸奶奶是製作薄荷糖的高手。每年春天，她都會帶著薄荷糖到大城市拜訪舅爺。可是她年紀大了，出門旅行變得愈來愈辛苦，所以決定將這個任務轉交給小狐狸。

小狐狸期待了整個冬天，多希望能出門旅行，看看遙遠的大城市。

出發那天，爸爸、媽媽跟奶奶都到火車站送小狐狸。小狐狸的後背包裡有十袋薄荷糖；薄荷糖裝在小布袋裡，用絲帶紮上漂亮的蝴蝶結。

小狐狸跟家人說了五十次再見，跳上火車，可就在那一刻，他突然很想哭

——好奇怪喔，明明都還沒走呢，他已經有點想家了。

「不行！不能哭。我已經長大了，要勇敢！」

火車出發了，嘟嘟嘟，呼咻呼咻，然後慢慢加速，愈來愈快。

鄰座的小松鼠在吃栗子蛋糕，小狐狸想起媽媽做的草莓果醬三明治。他打開背包要拿出餐盒時，咕嘟！滾出一個小布袋。

小松鼠幫他撿起來，問：「這是什麼？」

小狐狸說：「我奶奶做的薄荷糖，很好吃喔。」

小松鼠聽了口水都流出來了。

「送給你。」小狐狸說。他想，舅爺應該不介意給小松鼠一袋薄荷糖。

小松鼠高興的打開布袋，拿出一顆綠色薄荷糖，含在嘴裡，閉上眼睛說：

「好甜、好香喔。咦？我好像看見了山坡上有一片草原，還有一棟小木屋。」

「你看見啦？啊，那肯定是薄荷草原，還有我的家。」

小松鼠睜開眼睛說：「謝謝你。這一定是魔法薄荷糖，吃了它就能看見美麗的風景。」

大城市到了，小狐狸跟小松鼠說再見，下了火車。

哇！火車站好大，每個人都走

好快，小狐狸有點嚇到了。

他走出火車站，看見路邊有個書報攤，趕緊上前問老闆：「叔叔，賣奶油馬鈴薯的大公園怎麼走？」

叔叔說：「你是指櫻花公園嗎？嗯，有點遠，不如我帶你去吧。」

叔叔請賣花的阿姨幫忙看書報攤。他沿途當導遊，帶著小狐狸遊覽大城市，慢慢走到櫻花公園的東邊入口。

小狐狸送上一袋薄荷糖當謝禮，說：「這是奶奶做的薄荷糖，很好吃喔。」

叔叔說：「哇！我會跟賣花的阿姨一起吃。」

說完再見，小狐狸接著走進公園裡——公園好大、好漂亮喔！

春天似乎提早來拜訪大城市，櫻花公園裡的櫻花已經盛開了，粉紅、粉白一片，像夢般團團包圍住小狐狸。

小狐狸拍了許多照片，自言自語說：「這麼美麗的公園是誰的呢？」

這些話乘著風的翅膀，傳入園丁叔叔的耳朵裡。他放下鏟子驕傲的說：「這座公園是大家的。可是，我是照顧公園的人，所以常常覺得自己是公園的國王呢！」

小狐狸覺得園丁叔叔好了不起，趕緊幫這位「公園的國王」拍了許多照片，還送他一袋薄荷糖。

園丁叔叔拿起一顆糖，含在嘴裡，閉上眼睛說：「好好吃喔。咦？我好像看見了山坡上有一棵櫻花樹，櫻花開得真美哪。」

「你看見啦？啊，那肯定是我最愛的老櫻花樹。」

園丁叔叔睜開眼睛說：「謝謝你。我應該找時間到山上走走，看看大自然媽媽養育的樹跟花。」

小狐狸跟園丁叔叔道別，聞著花香，慢慢走到公園西邊的出口。

公園外頭是一條大馬路。馬路上好熱鬧啊！小狐狸忍不住湊上前看。

原來，今天恰好是一年一度的「工作車大遊行」，城裡所有的垃圾車、消防車、警車、救護車和挖土機等，都會出來接受居民的感謝跟歡呼。

大家不停拋禮物給車上的工作人員，小狐狸也打開後背包，掏出一袋袋薄荷糖丟上車，直到他發現，糟糕！只剩一袋薄荷糖了。

不行！不能再耽擱了，他一定要盡快趕到舅爺家。

等遊行的車隊通過後，小狐狸立刻向右轉，沿著腦袋裡熟記的地圖，走走走，終於找到舅爺的咖啡館。

「舅爺，對不起，奶奶的薄荷糖……只剩下一袋了。」小狐狸低下頭說。

舅爺笑了笑，用手指著牆邊的儲物架說：「沒關係。你看！」

咦！架上堆滿了薄荷糖，這是怎麼回事啊？

舅爺笑著說：「你奶奶每個月都寄來一箱薄荷糖，我根本吃不完，還送給鄰居、朋友跟店裡的顧客，大家都說好吃呢。」

POLICE

小狐狸說：「那為什麼奶奶每年春天還要來呢？」

「因為你奶奶想念我，這是我們姊弟一年一次的聚會啊！」舅爺說。

小狐狸明白了。他想，奶奶今年不能來，肯定很失望。對！明年他要陪奶奶一起來。

舅爺請小狐狸吃美味的奶油馬鈴薯。吃完，舅爺拿出一顆薄荷糖含在嘴裡，閉上眼睛說：「真好吃。啊，我好像看見了山頂上有棟小木屋，狐狸奶奶在門外向誰招手呢！」

小狐狸聽了也趕緊含了一顆薄荷糖，閉上眼睛。果然他也看見了綠油油的薄荷草原、山頂上的小木屋、老櫻花樹、奶奶、媽媽跟爸爸。

小狐狸好想念他們喔，明明才離家沒多久，他就想回家了。

第二天，小狐狸就去搭火車。

舅爺送他一袋馬鈴薯，說：「記得提醒奶奶，煮馬鈴薯的鍋水裡要加兩枝薄荷，馬鈴薯會變得更香、更好吃喔。」

火車到站後，小狐狸下了火車，背起背包爬上山。

沿途他看見——啊！河邊的黃水仙花開了，老櫻花樹的花苞變成粉紅色了，薄荷草原更綠了，還有還有，山頂上的小木屋好像一直在等他。

他邁開腳步，朝小木屋飛奔而去，大喊：「我回來了！」

這趟旅行中，小狐狸覺得最幸福的時刻，就是「回家」的時候了。

——原載二〇一八年四月《未來兒童》第四十九期

編委的話

● **曾芊華**

單純可愛的小狐狸，他懂得分享，肯定天天快樂。看這種童話最大的缺點就是——看完好想馬上吃故事裡創造的薄荷糖啊！

●**楊子函**

充滿魔法的薄荷糖，吃了讓人覺得溫暖，每一口都是美好的滋味與記憶。故事很迷人，看了讓我也好想吃到狐狸奶奶做的薄荷糖。

●**趙芷語**

小狐狸好善良，看到別人想吃糖就給他糖吃，而舅爺聽到只剩一包糖也不生氣，看來狐狸家的人都很善良和氣。這篇童話創造了一個很溫馨沒有爭吵的和樂世界，真好！

小傑的魔法饅頭 ／樓桂花

◎ 插畫／李月玲

作者簡介

因為喜歡說故事給孩子們聽，體會到親子共讀的美好而致力推廣閱讀，也因此對兒童文學產生極大的興趣並開始創作；喜歡收集繪本、立體書、老童書，期待自己繼續創作好作品，目前為台東大學兒童文學研究所研究生。

童話觀

小時候看過長襪皮皮及錢鼠的故事至今深印腦海，抽離現實卻又存在現實的童話特質，其中的幻想或是誇張，或奇異，都大大滿足了每個人潛藏心底的童心種子！雖然每個人的生命經驗不同，「童話」卻是每個人不可或缺的生命養分。

松鼠小傑住在森林裡的一棵橡樹底下。因為天氣太冷了，窩在被窩裡好舒服，小傑睡得很香甜。睡著睡著，小傑還作夢夢到爬樹比賽，贏過了狐狸小秋！但是廚房傳來的聲音將小傑吵醒了，是什麼聲音呢？小傑睡眼惺忪爬起來看，原來是松鼠爸爸正在揉麵團。天都還沒有亮呢！

松鼠小傑問爸爸：「爸爸，你在做什麼？」

「我在做饅頭，你趕快再去睡吧。現在，我先把麵團揉一揉，等一下你起床就可以吃到熱騰騰又好吃的饅頭噢！」

「我也想試試看！讓我來幫忙！」既然起床了，小傑好奇心也來了。

「好吧！來，先洗個手再擦乾後，這麵團你揉揉看！」松鼠爸爸說。

松鼠小傑用力的揉著麵團，覺得很好玩，揉著麵團好像也不冷了，但是小傑揉個幾下也就累了。在溫暖的燈光下，松鼠爸爸繼續揉著麵團說：「麵團就像人生啊！要有彈性。」「而且這麵團充滿了魔法噢！」小傑覺得爸爸說的話，好像很有趣，可是又不太懂。

饅頭做好了天也亮了，松鼠小傑吃完香噴噴的饅頭又多帶了幾個饅頭便趕著出門去上學。

路上遇見兔子小希，小希蹲在路旁抽抽搭搭的哭著，眼睛都哭紅了。「小希，你怎麼了？」小傑問小希。

「剛剛大熊大雄嘲笑我是『小希小希髒兮兮！』還說我的名字難聽死了！又搶了我的便當盒！」原來，是大熊大雄嘲笑小希的名字，又搶了小希的午餐。「大雄真是太過分了！小希，不要哭，我們一起去找大雄把妳的便當要回來！」松鼠小傑想起袋子裡的饅頭說：「小希，這是我和我爸爸一起做的饅頭喔，來，請你吃！」說著小傑便拿出袋子裡的饅頭請小希吃。小希含著眼淚咬了一口饅頭。「嗯！好好吃啊！有淡淡的甜味和香氣，真好吃！」小希忍不住吃完一顆饅頭，不知不覺也忘了難過和生氣。於是，小傑牽著小希的手一起去找大熊大雄。

松鼠小傑和兔子小希走沒多久，又碰到了往反方向走的貓頭鷹花花。貓頭鷹花花和松鼠小傑、兔子小希打了招呼以後說：「我不想去上學了，大熊大雄嘲笑我是『阿花、阿花、三八阿花』，『圓仔花，不知醜！』為什麼我爸爸要幫我取這麼難聽的名字？」貓頭鷹花花皺著眉頭快要哭了出來。松鼠小傑從袋子裡拿出饅頭說：「花花，這是我和我爸爸一起做的饅頭喔，來，請你吃！」花花低著頭默默地咬了一小口饅頭。「哇！好好吃的饅頭！越咬越香，真好吃！」「花花真的覺得自己的名字很難聽嗎？我們倒覺得花花的名字好好聽喔！」松鼠小傑和兔子小希問貓頭鷹花花。貓頭鷹花花心情漸漸好多了，回答說：「其實，這是我爸爸幫我取的名字，而且爸爸跟我說，我是在花開的季節誕生的。」說著說著花花忍不住吃完一顆饅頭，不知不覺也忘了難過。

10 - 6 = 4
7×3=21
5+8=13
值日生：圓圓
1

小希對花花說：「其實，大雄也笑我是髒兮兮的小希；我喜歡我的名字。因為這是我媽媽幫我取的，媽媽告訴我這是充滿希望的意思。」松鼠小傑和兔子小希、貓頭鷹花花決定一起去找大熊大雄，希望大熊大雄可以向小希和花花道歉。她們想起，班上名叫全心、全意的小鼴鼠雙胞胎姊妹；還有名叫幸運兒的花貓同學，是否也會被大熊大雄取難聽的名字呢？

很快的，到了學校，發現大熊大雄正在欺侮綿羊好美：「好美、好美一點都不美！」、「好美、好美是個醜八怪！」其他的同學也跟著一起嘲笑綿羊好美。綿羊好美生氣得臉都脹紅了，氣得要去找老師！

這時班上很有正義感的母老虎大頭珍來了，母老虎大頭珍曾經也被大熊大雄嘲笑過：「大頭大頭下雨不愁，我有雨傘妳有大頭！」大頭珍知道大雄又到處嘲笑別人的名字，還有搶小希的便當盒，於是告訴大家大雄的小祕密：「大雄的爸爸媽媽在大熊大雄小的時候就去很遠的地方工作，因此大雄是爺爺帶大的，可是爺爺只知道忙著種菜、種水果，根本沒有空好好照顧大雄，從小胖胖的大雄也總是被取笑大胖呆，所以寂寞的大雄現在都以欺侮別人來引起別人的注意為樂！」原來如此啊！大家終於知道大熊大雄到處取笑別人名字的原因了！

突然，聽到大熊大雄大叫的聲音！原來大雄知道大家要找他，想要躲到高高的樹上，結果一個不小心摔了下來，腳受傷了！還好，有花貓幸運兒先去通告山羊老師，山羊老師快速幫大雄上藥並帶著大家回到溫暖的樹洞教室裡。大雄即使受了傷，還是對大家扮著鬼臉！

松鼠小傑想起爸爸做的饅頭，拿了出來請大家吃，並對大熊大雄說：「來，這是吃了心情會變好的魔法饅頭喔！」大熊大雄嚇了一跳，怔怔的盯著饅頭。或許因為肚子也餓了，大雄大口大口的咬了饅頭，眼眶也漸漸紅了。兔子小希、貓頭鷹花花和小羊好美都決定原諒大熊大雄；母老虎大頭珍說：

「謝謝小傑。來，我們大家一起吃心情會變好的魔法饅頭！」

那天晚上，松鼠小傑對松鼠爸爸說：「爸爸，明天早上可以再做魔法饅頭嗎？」松鼠爸爸笑著回答：「當然可以啊！」

隔天，天氣還是好冷。松鼠小傑和松鼠爸爸很早就起床了，在溫暖的燈光下，用力揉著麵團。

——原載二〇一八年四月《小鹿兒童文學雜誌》創刊號

編委的話

● **曾芊華**

人心情不好的時候，有人關心安慰，或者送來魔法饅頭，心情當然會變好。小松鼠阿傑的善心行為，值得我們多多學習。

● 楊子函

這是經過美妙純真幻想發酵製造出來的饅頭，所以嘗起來才會更加美味可口，吃完還會心頭暖暖的。

● 趙芷語

松鼠小傑真是充滿愛心，他的饅頭其實不是真的有魔法，而是因為加入愛的效果。

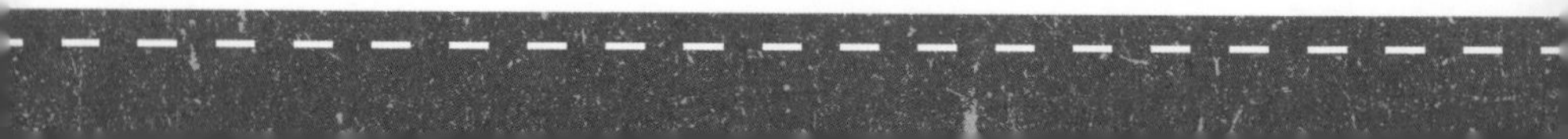

魔法栗子的味道

／黃文輝

◎ 插畫／劉彤渲

作者簡介

台灣大學機械工程碩士，已出版《鴨子敲門》、《候鳥的鐘聲》等著作。曾獲國語日報牧笛獎。目前定居花蓮，教學寫作。

童話觀

不因讀者是兒童而創作簡單、刻板的故事。認為故事比意義或教育性重要。好故事可以讓兒童享受閱讀，開闊視野，有同理心。

有位巫師住在山上，頭戴尖尖的脫線帽，身穿髒兮兮的長袍，下巴留著亂糟糟的白鬍子，嘴裡有二十五顆黑黑的蛀牙。

巫師的工作是接受山下老百姓的請託，施法術幫他們求雨、殺害蟲，或趕走愛偷摘水果的猴子。

巫師年紀大了，做事情的時候常覺得有點吃力，於是請老百姓幫他找一位男孩，當他的徒弟兼幫手。

阿華做事認真、愛乾淨、不貪吃，加上非常想學法術，就被選上了。

他來到山上，和巫師生活了一段時間，發現巫師有許多不好的生活習慣，例如：起床不摺棉被、早晚不刷牙、不愛洗澡和換衣服、常在屋外隨地大小便。

「難怪師父的衣服那麼髒，身上有怪味道，還有很多蛀牙。」

阿華想勸巫師改掉壞習慣，但又怕惹巫師生氣，被變成一隻老鼠，所以忍著沒有說出口。

秋天時，巫師叫阿華到屋子後頭的魔法栗子樹下撿魔法栗子。巫師說：「每年元旦當天，我會炒魔法栗子，連炒七天後，再吃下炒熟的栗子，增強法力。這次我會分一些給你吃。」

阿華很高興自己也要有法力了。

幾個月後，山上飄下白雪，舊的一年將要結束，新的一年就要開始。

到了元旦當天早上，巫師把阿華撿來的魔法栗子倒進大鐵鍋，點著爐火，拿鏟子慢慢炒栗子。巫師告誡一旁的阿華：「動作要輕巧，火不能太大。你在一旁專心看，一、兩年後換你來炒。」

巫師炒魔法栗子炒到第三天的時候，去了屋外的樹下小便。冷風吹來，一團雪從樹梢落下，打在他的頭上，害他「哈啾哈啾」一連打了好幾個噴嚏。

隔天巫師鼻塞流鼻水，聞不到任何味道。他發出鼻音，著急的大叫：「糟糕了！」

巫師跟阿華說：「炒魔法栗子的關鍵，是第七天栗子散發臭腳丫的味道時，要立刻熄火，太遲栗子會爆炸，太早栗子會壞掉。現在我鼻塞聞不出味道，該怎麼辦？」

阿華問：「為什麼是臭腳丫的味道，不是臭豆腐或臭水溝的味道？」

巫師回答：「從古到今，完美炒好的魔法栗子就是有臭腳丫的味道。這就跟從古到今，大家放的屁都會臭的道理相同。」

巫師看著阿華，為難的說：「這一次只好讓你幫我聞栗子的味道。炒到第七天，你一聞到臭腳丫的味道就通知我熄火。」

阿華站得直挺挺，大聲回道：「師父，我一定會認真聞。」

到了第七天，巫師小心翼翼的炒栗子，不時問陪在一旁的阿華：「你聞到什麼味道？」

阿華把鼻子湊近冒煙的栗子，不斷回報：「我聞到哈蜜瓜的味道……現在是糖果味……嗯，有餅乾的味道……巧克力味……出現醋的味道了！……現在是酒的味道……我聞到貓身上的味道……現在是死魚的味道，好噁心……」

巫師緊張的說：「快了快了，專心聞。」

過了一會兒，阿華摀住鼻子說：「我聞到狗大便的味道。」

巫師睜大眼睛，大叫：「就快了！」

阿華突然想到什麼，轉頭跟巫師說：「師父，我不確定臭腳丫是什麼味道！」

「啥？你沒聞過自己的腳？」

「聞過，但我天天洗腳，我的腳很香，其實是香腳丫。」

巫師緊張得滿臉冒汗，脫下鞋子叫阿華聞他的腳，「就像這個味道。」

阿華低頭一聞，差點被臭昏，因為巫師已經大半年沒有洗腳，腳臭死了！

栗子開始冒出濃煙，巫師叫阿華趕快聞。阿華頭暈暈的，搖搖晃晃的湊近去聞，然後點著頭說：「好臭的臭腳丫。」

巫師聽了立刻熄火，露出放鬆的笑容，阿華則躺在地上喘氣。

巫師把栗子拿到屋簷下冷卻，涼了之後，巫師立刻剝來吃。阿華也掐著鼻子，吃下巫師賞給他的栗子。

十分鐘後，他們的肚子發出劈劈啪啪的響聲，好像有人在遠處放鞭炮似的。

阿華苦著臉說：「師父，我覺得肚子裡有很多氣，屁股也怪怪的。」

「我也是。」

魔法栗子在巫師和阿華的肚子裡產生大量氣體，而且忽然從他們的屁股「噗噗噗」噴射出來。

他們兩個像火箭一樣沖到半空中。

巫師和阿華在空中飛了好一會兒才落到白雪上，阿華扭到手，巫師則撞斷了幾顆脆弱的蛀牙。

巫師大罵阿華：「你聞到的不是臭腳丫的味道！你害我吃到沒炒好的魔法栗子。」

阿華忍不住說出心裡的話：「師父，要是你四天前不在樹下隨地小便，就不會著涼、鼻塞，我也不用代替你聞栗子的味道。而且你不只腳臭臭的，身上也有怪味，你的生活習慣要改一改啊。」

巫師吐出斷掉的蛀牙，洩氣的說：「我洗澡就是了。」

阿華補上一句：「還要刷牙、換衣服、摺棉被，以及不隨地大小便！」

——原載二〇一八年一月《未來兒童》第四十六期

編委的話

●曾芊華

看完這篇童話，笑得肚子痛，而且故事裡的魔法栗子一吃下去就肚子痛，這樣的東西實在叫人不敢吃，連聞味道也不敢，可是讀完卻又印象深刻。

●楊子函

作者把一般的栗子寫成有魔法，不只這樣，魔法栗子還具有各種奇怪的臭味道，雖然讀起來有些噁心，但又非常好笑，這真是一種奇怪的混搭感覺，只有童話世界裡才會發生吧！

●趙芷語

這個故事太有趣了，還可以提醒小孩要每天洗澡，才不會臭臭的破壞了魔法栗子的味道。

——主編的話——

開創童話永恆的魅力

謝鴻文

1

很榮幸接手一〇七年度的九歌童話選，一路跟隨見證具有前瞻遠見的童話選成長，從創辦之初的《九十二年童話選》，協助我的學長徐錦成在主編時的童話資料搜尋，之後主編陸續換人，我幫忙撰寫過好多次的年度童話紀事，持續觀察台灣兒童文學的發展脈動。不做研究者，回歸作者身分，我也很幸運曾入選過童話選六次。

牽纏著如此美好的緣分，輪到由我擔綱年度童話選主編，絕對是一種恩典賞賜。瞬間回溯這十五年的歷程，好像生命的幽靜園林裡，有一條曲徑廊道，沿路賞花鑑草，不知不覺走著走著，便走到這來了。

這是生命裡的一件賞心樂事，喜悅盈心，就算再忙也無懼，更是無拒，就開心的漫遊童話花園賞花鑑草去了。

這一年度的童話選，又做一點小革新。一起參與編選的小主編，清一色是女孩，不若往年大主編總會刻意在性別上平衡，我想突破一些思維，不要讓性別分化也形成某種意識框架，好像預設男／女生會有明顯的閱讀品味偏好，因而要求取平衡。

三個小主編都是我的學生，這一年也刻記著我教學生涯的轉變，從大學到小學，而且是跳到實驗教育團體，一切都很新鮮。離開體制內學校，來到實驗教育團體的孩子，充滿個性，樂於接受挑戰，所以這一年的童話選編選過程，時時像在乘坐雲霄飛車，驚險刺激又有趣。

2

接下來就鄭重邀請大家，歡迎來到全世界獨一無二，別無分店的「許願餐廳」和「神仙快遞」。

先來介紹「許願餐廳」，由十位作者大廚傾力打造，以創意想像加上愛為原料，烹調出夢幻般的甜蜜滋味，甚至會品嘗到讓人滲出感動眼淚，帶著一絲絲酸楚疼惜的滋味。

來到這的人們，相信都會感受到作者們的真摯心意，讓每一道童話色香味俱全，可以滋養孩子們的精神更加豐富美好。

「神仙快遞」則是另一間匠心獨創，不斷顛覆想像，可以召喚神仙、魔法、國王等各種角色來送驚喜快遞包裹，打開便是新奇點子。

想進來參觀這間快遞公司，也不會有警衛保全守在門口盤查身分，請放心自在遊走，接受神仙、魔法的盛情款待。

「許願餐廳」和「神仙快遞」的設計組成，絕對是經過千挑萬選，一層又一層討論考量後的決定。我們從《國語日報》、《更生日報》、《國語日報週刊》、《兒童哲學雙月刊》、《未來少年》、《未來兒童》、《幼獅少年》、《地球公民 365》、《小典藏》、《火金姑》、《小鹿兒童文學雜誌》、《滿天星》、《康軒學習雜誌 Top945 初階版》、《康軒學習雜誌 Top945 進階版》、《小行星幼兒誌》、《小太陽 4-7 歲幼兒雜誌》，以及國內幾個兒童文學獎項，如淘沙揀金的評選出最後呈現在讀者面前的兩本精彩選集。

關於這些童話作品來源，《國語日報》依然占大宗，一〇七年適逢《國語日報》創報七十週年紀念，尤顯意義不凡。這份老字號的兒童日報，仍舊是所有兒童文學創作者努力爭取表現的舞台；不過目前國內兒童文學創作、出版與閱讀的走勢，繪本愈趨強勢，視覺圖像的創作人才湧現快速不絕，相較之下其他文類都有衰退的情形，童話的衰退雖然較微小，可是隱憂警訊亦一直存在，以國語日報兒童文學牧笛獎為例，近幾年常被中國的兒童文學創作者強勢攻城掠地，一〇七年的六個得獎者中更是有一半來自海峽對岸。

除了《國語日報》之外，占第大二量的《國語日報週刊》，其中的「魔法故事盒」版，每週有一篇一千字內的童話，奇怪的是往年的年度童話選似乎把它遺漏未注意，今年倒是在此選中了一篇李逸的〈大使館奇妙夜〉，取材頗新穎，又帶點懸疑趣味。

其他報刊雜誌中，能刊登的篇幅有限，老將新秀文采並陳時，我們對新人亮相自然會多注意多看幾眼。前面提到的李逸，以及樓桂花、李郁棻、許亞歷、朱德華、旅人Yu、洪國隆、李柏宗都是第一次入選年度童話選的新面孔，值得給予更多期待與祝賀！

新人能否維繫能量，創作不懈，一方面要靠自身的努力，一方面也要大環境供給更友善平等、更寬闊多元自由的平台，才能促進童話創作的繁榮。兒童文學獎對於創作者具有不可或缺的激勵作用，但得過獎能否延續創作生命華茂，也攸關前述的兩件事。

一〇七年值得高興的新刊物是台灣兒童文學學會創辦的《小鹿兒童文學雜誌》，民間組織資金有限，願意投注心力於出版，允為讓人感動又擔心的事；擔心在於不知刊物能延續壽命多長久，若只是曇花一現就可惜了。兒童文學的草原上，有一匹新生的小鹿，從出生到成長，悄悄的一歲。雖然春日遲遲，離草木葳蕤，群鹿奔馳，呦呦鹿鳴的盛景還有些距離，但至少這一年《小鹿兒童文學雜誌》已經很清新的佇立在當代台灣兒童文學的土地上。祝願這本刊物會被持續守護著，一如中華民國兒童文學創辦的《火金姑》，微光相聚，互照前程。

3

我和三位小主編年初確立了評選的標準，各自表述了心中喜歡的童話特色之後，只要小主編中有兩位圈選非常喜歡的童話，便會進入複選名單。

複選時表決入選年度童話選的共識篇目頗高，第一輪討論就順利達陣選入年度童話選選的篇目有：黃文輝〈魔法栗子的味道〉、鄭宗弦〈泡菜小翠尋寶記〉、林哲璋〈老師，屁股長蟲了〉、賴曉珍〈狐狸薄荷〉、李郁棻〈完美專賣店〉、朱德華〈小松鼠的明信片〉、許亞歷〈讓色彩再現的灰階國〉、王宇清〈星願親子餐廳〉、洪國隆〈學當保母的國王〉和李柏宗〈神仙保鑣公司〉。本來小主編也非常喜愛選入的亞平〈狐狸小紅愛吃麵〉和林世仁〈黃昏裡的老法師〉，兩篇卻因故無法授權，最後年度童話選只能忍痛割愛。

其他擁有一票至兩票擁護，經過激辯、拉拒、力薦，周姚萍的〈格外有用小魔女〉果然很有用擊敗自己的〈醜蔬果大冒險〉，林世仁則是〈老爺爺和他的印刷機〉和〈蠍子萬萬〉兄弟鬩牆，結果〈老爺爺和他的印刷機〉薑是老的辣勝出，但不巧又獲知這一篇是舊作重刊，依規定又要捨棄。這一捨棄，遂導致林世仁成為本年度最大的遺珠，他從年度童話選第二年開始的《九十三年童話選》年年入選的輝煌紀錄也因此中斷，實在非常非常可惜扼腕！

雖然和林世仁有私交，但在評選討論過程中，我還是保持中立、大公無私，沒有刻意護航任何人影響小主編的想法。林世仁絕對是當代台灣可敬與需要珍惜的兒童文學作家，本年度他在童詩、兒歌的創作非常豐沛出色，《字的小詩》全三冊還榮獲本年度的金鼎獎，他的桂冠榮耀與實力，肯定不會因為童話選入選紀錄中斷就打折扣。數十年如一日，林世仁專注而熱忱投入創作的身影，我看見他對兒童文學創作虔敬專業的態度，不禁想起電影演員梅莉．史翠普，這位被譽為當代最偉大，奧斯卡入圍次數最多的女演員，受訪時曾說過：「上天賜予人類最偉大的禮物，就是讓我們擁有熱情的能量。」台灣兒童文學界的一哥林世仁，相信來年，他還會繼續以他翻新求變的熱情能量，把入選年度童話選的次數紀錄繼續累積成一座難以超越的高峰。

而另一位讓人尊敬的作家是傅林統，這位資深的兒童文學前輩，也是本年度童話選最年長的入選者，同樣數十年如一日筆耕不輟，其人溫文慈愛與作品風格相得益彰。此次入選的〈能言鳥的樂園〉情繫於土地，為宜蘭鴛鴦湖的泰雅公主譜寫了一段浪漫故事，同時對天地自然人與鳥獸存有一份歡欣和敬意。

其他有進入複選討論，最後差臨門一腳無法被選入年度童話選的作品，請容我也在這一一誌記：陳素宜〈跳舞的鶴〉、亞平〈鼴鼠洞三十號教室〉、楊隆吉〈招潮水筆〉、蠟筆哥哥〈虎爸爸的麵攤〉、黃培欽〈不吃肉的獅子〉、王文華〈萬能家事機器人〉、子魚〈一隻黑貓偷走我的夢〉、任小霞〈萬一錯了〉、岑澎維〈颱風訓練中心〉、安石榴〈快樂開始的地方〉、陳景聰〈猴山上的感恩餐會〉、王家珍〈精靈的耶誕包裹〉、陳秋玉〈普靈傲的占卜箱〉和張英珉〈最後的甘蔗汁〉。

這些琳瑯滿目的珍珠，沒入選不代表它們不好，只是碰到我們一個大主編、三個小主編，依著我們的品味觀點，在一定的遊戲機制中，求取最大的契合認同的結果。而連進入複選都沒有的作品，也未必是技不如人，例如哲也在《小行星幼兒誌》，以及林哲璋在《小太陽 4-7 歲幼兒雜誌》發表的童話，因為寫的是幼兒童話，低齡淺語，簡淡易讀，和其他為小學生寫的童話相比，先天條件就比較吃虧，加上小主編又都是小學生，幼兒童話遂很難受青睞，但這些幼兒童話玲瓏可愛，純真爛漫如小小孩的笑容，讀來就是舒心開懷。所以我也在此寫下致意寄語，願以上諸位創作者來年仍舊快樂的為孩子寫作。

4

回首綜觀一〇七年度發表的童話，出現大量與飲食或食物相關的題材，或以餐廳為場景書寫，例如國語日報兒童文學牧笛獎第二名鄭若珣〈糖、辛香料和美好的食物〉，更把「美好的食物」標誌出來，召喚味蕾的記憶。又如岑澎維〈糖果國的治蟻大臣〉，故事裡那個嗜吃糖果的國王，只要嘴裡含著糖果便覺幸福滿足，簡直是天下大部分孩子的化身。

我很難說明白這一年為何冒出這麼多這類題材書寫？古諺「民以食為天」鞏固的生存基本需求，當我們考察飲食的文化象徵意義，可從地域特色、器具、食材等各方面使用為依據，從中觀看日常生活和社會場域裡，人們如何情牽於飲食的各種心理需要和價值取向；食物往往於此扮演著記憶的潤滑劑，烹調的技藝則可以用來傳遞訊息、表達思想情感。飲食的酸甜苦辣鹹滋味，亦是人生的寫照，每一個事件的咀嚼都是有滋有味，點滴在心頭。

當我們理解這層道理後，自也明白童話裡建構的飲食、食物或餐廳，不僅流奶如蜜，芳馥濃醇，夢幻華美；更重要的是，往往還包裹著愛，藉此撫慰了孩子，在紙頁的字裡行間滿足孩子生理心理的幻想。這一年突然湧現的飲食書寫，或許只能歸於是偶然與巧合，是創作者們心有靈犀、默契一致的要在這一年以文字煲煨，細熬慢燉的料理出一場澎湃豐盛吧。不過現實中，類似糖果這類食物，再怎麼提供幸福滿足感也不宜多吃；但在童話世界裡，這般甜蜜蜜的滋味卻可以多多服用，潤口，更潤心，神奇的是味美更雋永，總讓人回味無窮。

當我們最後決選要再就二十篇入選童話慎重評出年度童話獎，以及去年增設的小主編推薦獎，四篇分數較高的童話分別是賴曉珍〈狐狸薄荷糖〉、王宇清〈星願親子餐廳〉、許亞歷〈讓色彩再現的灰階國〉以及黃文輝〈魔法栗子的味道〉，名單一攤，無巧不成書，四篇幾乎皆與飲食書寫有關。

由於賴曉珍曾是九歌年度童話獎得主，依規定需禮讓，剩下的三篇再經過一番討論，毫無懸念的讓王宇清〈星願親子餐廳〉榮獲一〇七年度九歌年度童話獎，許亞歷〈讓色彩再現的灰階國〉獲得小主編推薦獎。這個圓滿結果，讓三位小主編都很開心滿意。

恭喜王宇清，縱使台灣目前創作大環境未盡善盡美，可是看他堅定而緩慢的跋涉在兒童文學創作路上向前不息，以童話為主，兼寫少年小說和繪本，自《九十九年童話選》初次亮相，這些年童話選也入選過幾次，亦得過九歌現代少兒文學獎、國語日報兒童文學牧笛獎等大獎桂冠加冕，並已出版了《願望小郵差》、《空氣搖滾》等作品，感覺他亮相迄今並非特別大鳴大放搶眼奪目，但他實已是台灣青壯輩重要的兒童文學作家之一，或許是大器晚成型，未來勢必細水長流。

王宇清守護的創作信念：「能感動人的幻想作品，不一定要有趣，但一定要有『餘味』。」（見《九十九年童話選》）確實也一直使他文筆生香，餘韻綿長。

值得一提，本年度他同時有三篇童話進入複選，分別是：〈綠古鎮的老塔莉〉、〈大象忘忘〉和〈星願親子餐廳〉，以〈大象忘忘〉來說，故事裡那隻忘了自己從哪裡來？是誰？還有要到哪兒去的大象，當然也不知道自己名字，才有別人幫他取了「忘忘」的名字，在同伴的安慰、陪伴之下，忘忘就算再也想不起在馬戲團的往事，卻安於當下，喜歡當下的自己，故事的尾聲，淡淡一句：「他喜歡當大象。」含藏著質量很厚重的靈性自覺，是深邃的生命課題測驗。

至於〈星願親子餐廳〉，讀完更是餘味不絕，心中會有許多想法如漣漪擴散蕩漾。這篇童話雖為幻想，又具備很強的現實感，反映出現代父母沉迷於手機，對孩子的冷落疏忽，導致孩子必須流離在「星願的時空」裡，滿足不被關愛陪伴的失落恐懼，同時不斷快速的老去。然而，所有的悲傷，到了故事結局則因為父母的覺醒懺悔，親子關係修復為親密，心裡眼裡所見的一切，皆似星光閃閃，有燦亮群星守護生命永夜。

閱讀童話，孩子在故事裡尋求認同與投射，這樣的心理機制容易拉近真實與幻想的距離，一旦想像世界越接近真實世界時，真實世界也悄悄的向想像世界的邊界靠近。如同日本兒童文學研究者上野瞭在《現代兒童文學》指出，童話經常創造一個「通道」，「穿越了『通道』之後，會發現和日常世界『相連』的某處，存在著不可思議的世界。……通道的意義在於，經由『通道』使奇妙世界和乏味平淡的一般世界相連繫，拉近了現實世界。」〈星願親子餐廳〉裡的「通道」，引渡孩子得到安慰，這正是童話永恆的魅力。

童話之不可思議，當然也可由年度童話選啟程。

—小主編的話—

打造一間奇妙的童話餐廳

曾芊華

小朋友好，這是我們打造的一家奇妙的童話餐廳，只有童話選才有喔！

說起這家餐廳的打造過程，一定要把我們討論的過程坦白說出來，有一些作品我們三個人常常會意見不合，因為大家都有各自喜歡的作品，每個人都曾經為自己支持的作品拉票，誰也不讓誰；可是也有一些作品，最後還是會被拉票說服成功。也有我們三人共同喜歡的作品，一下子就投票通過入選，像是我個人很喜歡的童話〈狐狸薄荷糖〉和〈魔法栗子的味道〉。

這兩篇是我今年讀的全部童話中，印象最深刻最喜歡的。〈狐狸薄荷糖〉故事很溫馨感人，小狐狸的行為讓人很喜歡他。〈魔法栗子的味道〉的故事情節搞笑又有創意，對臭味的描寫很誇張又好笑，如果叫我吃應該絕對會吐出來吧！

我們生活中假如真的有一間童話餐廳，賣很多奇妙有趣的東西，像是狐狸薄荷糖，生意應該會很好，相信大人小都會喜歡去光臨。不過這樣的想像不知道會不會在真實世界中出現？如果不能，我們就利用童話來滿足，得到很多幻想快樂也不錯。我喜歡的童話，不要重複王子公主在一起的情節，或者把女巫都形容成醜陋可怕，把野狼都形容成壞蛋，這樣就太沒創意了。故事情節要新鮮，有豐富的想像力，而且這種想像，最好是別人沒有寫過的。如果故事雖然是想像，可是出現感人的情節，好像會真實發生在我們身邊，會讓我覺得特別感動。

其實以前我在學校的國語很普通，轉學到 FunSpace 樂思空間團體實驗教育後，上國語變得很有趣，我也喜愛上閱讀，所以當鴻文老師提到有這樣的機會，我也鼓起勇氣報名，最後憑運氣抽籤選上，一開始知道自己被選上很開心，但是也非常緊張，不知道自己能不能勝任，謝謝爸爸媽媽這一年一直給我的支持鼓勵，謝謝鴻文老師辛苦的指導。

看見有思想的童話

楊子函

曾經在書店看過前幾年的年度童話選，沒有特別買來看完。一開始知道被選上當年度童話選小主編很訝異，也不知道是幸運或不幸運。

我從小就喜歡閱讀，尤其喜歡讀小說，沉浸在作家編造的世界裡，感受人生的各種喜怒哀愁，例如林滿秋的《浴簾後》這類小說就很吸引我，最近也想找金庸武俠小說來看。

喜歡看書，可是對於編一本書，怎麼當主編這件事仍然有許多不了解，幸好鴻文老師很有耐心的帶領著我，於是展開了一整年的童話閱讀和評選工作。

今年讀到許多篇童話，有的很長有的很短，有些是有名作家，有些從來沒聽過。印象最深刻，也最喜歡的是〈星願親子餐廳〉，因為這一篇的故事反映了許多現代家長愛滑手機的壞習慣，讓我們可以思考到親子共處的道理。

我覺得大人不能每次都叫小孩去看書，自己卻在滑手機，或者叫小孩去做什麼事，都是一邊低頭滑手機一邊命令，這樣真的很不好！我們小孩看在心裡有種不被重視的感覺，所以這篇童話讀起來真的讓人引發許多思考，建議大人一定要讀。

至於我心目中好的童話標準，我的想法是：
一、故事要有內涵思想，可以引發一些思考各種人生道理，讓我們去思考。所以故事不能太簡單，甚至幼稚，像騙小孩就不得我心。
二、故事劇情要有新的創意和發現，可以讓人意想不到。我不喜歡的童話是情節讀到一半一看就能猜中那種。
三、作者的文筆也要講究一點修辭，文筆不好就會使我不想繼續往下讀。
討論過程中我們三位小主編會互相開玩笑，例如每次有兩個人支持選某一篇，另外一個人沒投票，其他兩個人就會聯合起來開玩笑說：「一定是你看不懂啦！所以沒投這一篇！」但開玩笑過後，我們還是和和氣氣的好朋友，也很順利把任務完成了。
討論越多次之後發現我們的默契會越來越好，所以最後選年度童話獎的時候，幾乎是一致通過給了我最喜歡的〈星願親子餐廳〉。
編完這本書很有成就感，沒想到自己還是小學生也能編一本書，幫自己的小學生涯留下美好紀念。

搭乘童話火箭自由飛翔

趙芷語

我本來就喜歡閱讀，從小讀書很快，讀完之後，就會請爸爸媽媽帶我去買新書，或者去圖書館借一大疊書回家讀，實在很過癮！

難得有這次機會可以參與童話選的編選，知道可以在一年內讀這麼多童話，很興奮，而且有我喜歡的作家像陳素宜、賴曉珍，還有更多不知道的作者，剛好趁此機會認識。

我們每次的討論都很溫馨有趣，有時我們三個人還會互相爭吵吐槽，可是鴻文老師都會事先準備零食安撫我們，並適當阻止我們爭吵，使得我們的討論變得平心靜氣。

今年印象最深刻的童話有的名字很奇怪，像是〈老師，屁股長蟲了〉；至於我最喜歡的童話要具備什麼條件呢？讓我認真來說說：

一、一篇故事有圓滿美好的結局的童話特別吸引我。

二、故事有魔法的情節，我也很喜歡。

三、故事不要太嚴肅說教，要有純真想像的樂趣。

四、老掉牙的故事情節千萬千萬不要出現，創意很重要。

每次看到有想像力的童話，我都好羨慕，很想知道作者腦袋裡哪來的想像力啊？可以瞬間像駕著火箭自由飛翔，讀了會非常開心。

媽媽常說我想像力豐富，經過這一年的閱讀磨練，說不定以後我也可以當個作家。

編完這一次的童話選，我最大的心得是——終於編完了，雖然辛苦，但是絕對值得，甜美的成果證明「一分耕耘，一分收穫」。

— 附錄 —

二〇一七年童話紀事

◎王蕙瑄

一月

●二日，林鍾隆兒童文學推廣工作室公布二〇一七年度台灣兒童文學佳作推薦書單，入選十本書中，童話為賴曉珍《門神寶貝》。

●二十日，中華民國兒童文學學會改選新任理事長，由游珮芸當選第十二屆理事長。同日頒發「二〇一七台灣兒童文學傑出論文獎」，獲獎的是王蕙瑄的博士論文〈臺灣童書出版發展史研究〉，以及陳佩怡的碩士論文〈李潼「台灣的兒女」系列小說多重組構之研究〉。

●二十六日，由台北市立圖書館、新北市立圖書館、國語日報社主辦，幼獅少年、中華民國兒童文學學會協辦之第七十三梯次「好書大家讀」優良少年兒童讀物評選結果揭曉，選出單冊圖書二〇一冊、套書三套八冊。童話入選有：王宇清《妖怪新聞社2：止不住的哈啾與癢癢事件》、范先慧《雪兔的孩子》、林鍾隆《幸福的小豬》、小野《藍騎士和白武士》、哲也《小火龍便利商店》、哲也《小火龍與糊塗小魔女》、侯維玲《小恐怖》、林世仁《換換書》、哲也《小熊兄妹的點子屋2：不能說的三句話》、賴曉珍《門神寶貝》等。

●小兵出版蘇善《普羅米修詩》。

二月

●六至十一日，第二十六屆台北國際書展在世貿一、三館舉行。今年書展內容豐富，優惠創新高，總計共有十大主題展館、五大論壇以及超過五百場以上的閱讀活動，呼應「讀力時代」主題，展現閱讀新境界。童書館兼具親子同歡及國際視野，規劃有史上最強陣容的「台灣繪本美術館」，安排十二位台灣頂級插畫家沙龍活動，還有讓孩子享受實境解謎的樂趣「兒童閱讀體驗館」及推薦「優良讀物主題館」。

●七至九日，由台灣兒童文學學會主辦的「二〇一八兒童文學創作研究冬令營」在台中惠中寺舉行，講師包括邱各容、許建崑、貓印子、鄭宗弦、莫渝、林德俊、林孟寰、黃玉蘭、吳櫻、劉仲倫、陳景聰和康原，課程涵蓋不同文類。與童話相關課程有陳景聰主講「走進童話的幻想國度」。

●康軒出版李光福《飛雞跳狗去告狀》。

●螢火蟲出版顧希佳、李樂毅、王曼利《字的童話故事》系列八冊。

●小天下出版林哲璋《用點心學校9：紅白大對抗》。

三月

●十四日，九歌出版社在紀州庵文學森林舉辦「九歌一〇六年度文選新書發表會暨頒獎典禮」。適逢九歌出版四十年，也是年度文選第三十六年。《九歌一〇六年童話選》本年首次將童話選分成《海洋攪一攪湯》和《星際忽嚕嚕湯》兩冊，由亞平主編，及三位小主編徐弘軒、陳品禎、蔡銘恩共同編選，選入嚴淑女、錵九九、任小霞、子魚、陳素宜、蔡鳳秋、周姚萍、王蔚、王昭偉、林世仁、傅林統、陳書苑、岑澎維、李治娟、山鷹、黃海、林茵、邱傑、楊隆吉、許姿閔、姜子安的童話，並選出陳素宜〈沒鰭〉榮獲「年度童話獎」，特增「小主編推薦童話獎」由許姿閔〈便利之門〉獲得。

●三十一日，桃園市於蘆竹成立桃園市兒童文學館，今日舉行啟用典禮，開幕首展選定資深兒童文學「說故事爺爺——傅林統」，展出其作品、手稿、文物，為期三個月。後續規劃將陸續展出馮輝岳、廖明進等桃園市兒童文學作家。

●國語日報社出版子魚《微童話》。

四月

●四至八日，基隆市政府舉辦「童話藝術節」，以經典童話故事角色製作大型氣球與人偶，進行地景布置和展演，並搭配兒童節之相關遊戲活動。

●四至八日，高雄市立美術館附屬之兒童美術館，辦理「誰來我家——怪里．怪氣．怪可愛」兒童節限定版活動，並同時舉辦「兒童美術館第一屆故事節」讓大家一起說故事；以及「家．野鳥．藝術家」主題繪本展，邀集三位繪本作家劉伯樂、唐唐和湯姆牛，展出為期一個月繪本圖畫展。

●十日，台南市政府文化局舉辦「二〇一八台南兒童閱讀月優質本土兒童文學」徵選名單揭曉，入選童話有：陳月文《滴滴：一滴小水滴擁抱海洋的奇遇旅程》、于景俠等《機器人保母》、管家琪《猴子裁縫的絕活》、王宇清《妖怪新聞社2：止不住的哈啾與癢癢事件》、劉思源《狐說八道4：投石問錯鹿》、賴曉珍《門神寶貝》、蕭逸清《神探噴射雞3：腳書大魔法》、林哲璋《不偷懶小學4：忍不住大師》、亞平《貓卡卡的裁縫店》、王文華《戲台上的大將軍》、哲也《小熊兄妹的點子屋2：不能說的三句話》、王文華《湯圓小仙有辦法》、方秋雅《馬警官破案記1——塗鴉幫的密碼信》、花格子《香噴噴大道》、李光福《聖誕老婆婆》、陳碏《記得》。

●二十一日，二〇一七「好書大家讀」年度最佳少年兒童讀物獎揭曉，童話得獎有范先慧《雪兔的孩子》、小野《藍騎士和白武士》、哲也《小火龍便利商店》、《小熊兄妹的點子屋2：不能說的三句話》。

●三十日，台灣兒童文學學會創辦《小鹿兒童文學雜誌》創刊，由邱各容擔任主編，創刊號收錄有傅林統、吳櫻、陳素宜、山鷹、亞平、麥莉、樓桂花的童話。

●九歌出版社出版徐錦成編選《九歌兒童文學讀本》，收錄的童話有：傅林統〈超人七兄弟〉、黃海〈玻璃獅子〉、管家琪〈奇幻溫泉〉、王淑芬〈一個國王的故事〉、黃秋芳〈床母娘的寶貝〉、林世仁〈吶喊森林〉、周姚萍〈小魔女淘淘和淘淘雲〉、亞平〈雪藏三明治〉、楊隆吉〈趕快酥〉。

●小天下出版王文華《誰是大作家？》。

●國語日報社出版岑澎維《不會魔法的泰娜：節慶是日常生活的魔法，最獨特的新節日故事》。

五月

●幼獅文化出版冀劍制《鞋匠哲學家和放空小嵐》。

六月

●二十三日，靜宜大學外語學院舉辦「第二十屆兒童語言與兒童文學研討會」，發表論文主題涵括繪本、動畫電影、童詩、少年小說。

●三十日，國語日報舉辦「前瞻．共好」論壇，邀請桂文亞、林世仁、張友漁、嚴淑女、黃雅淳等出版界、創作者、研究者共論「立地創作好童話」。

● 國語日報社出版林世仁《小師父大徒弟》。

● 小兵出版陳啟淦《一百座山的傳說》。

● 親子天下出版顏志豪《插頭小豬1：停電星球》。

七月

● 十六至十九日，台東大學兒童文學研究所舉辦「二〇一八兒童文學夏日學校」，課程內容有桌遊體驗、故事與討論、文字表達與圖像創作、發想遊戲腳本並製作童話桌遊，由游珮芸、藍劍虹、余曉琪、董惠芳擔任講師。

● 十七日，二〇一八教育部文藝創作獎揭曉，教師組童話特優蔡秉諺〈十萬光年的心願〉、優選陳文森〈火之書〉、優選洪雅齡〈我遇見我自己〉、佳作鄭玉姍〈神仙的暑假作業〉、佳作王宇清〈星願親子餐廳〉、佳作蔡鳳秋〈魔法貓救援任務〉。

● 二十一至二十二日，台東大學兒童文學研究所舉辦「二〇一八兒少文學與文化研討會」，大會主題為「後印刷時代的改編」。主要演講者陳儒修教授講題為「童話的規訓與懲罰：檢視大螢幕上的小紅帽」，共計發表十八篇論文，與童話相關有：李嘉琪〈《蕃人童話傳說選集》的改編歷程〉、陳家盈〈日本民間故事的改寫與再創造——以蒲島太郎為例〉。

● 小兵出版洪國隆《竹筍炒肉絲國王》。

●親子天下出版林世仁《妖怪小學4：妖大王的大祕寶》。

●台南市政府文化局企劃，蔚藍文化出版，許玉蘭編選的《台南青少年文學讀本：兒童文學卷》，童話選收錄有林佑儒〈捉鬼特攻隊〉、李慶章〈千里眼與順風耳〉、陳玉珠〈苦苓出走計畫〉、王淑芬〈大大國與小小國〉、姜天陸〈雪舞〉、陳榛儀〈門神找家人〉、張清榮〈記憶袋〉、毛威麟〈過山蝦要回家〉、李光福〈冰雹小弟賣剉冰〉、林淑芬〈土雞危機事件〉、周梅春〈池塘小霸王〉、嚴淑女〈大樹摩天輪〉。

八月

●三至十二日，新北市兒童藝術節有多樣體驗、遊戲、遊行與兒童影展。結合童話與奇幻元素，亦展現在地特色與科學體驗。

●十四日，文化部辦理「第四十次中小學生優良課外讀物推介評選活動」結果出爐，文學類中童話有賴曉珍《門神寶貝》、哲也《小熊兄妹的點子屋2：不能說的三句話》、王淑芬主編《九歌一〇五年童話選》、方素珍《小珍珠選守護神》、于景俠等著《機器人保母》、李光福《聖誕老婆婆》、蘇善《島游4.0》等書。

●十七至二十一日，第十四屆亞洲兒童文學大會在中國湖南長沙市盛大舉辦，台灣此次代表的論文發表者有許建崑〈閱讀進階版：文本影像化與影像闡釋力〉、黃雅淳〈是典範還是規範？——論曹文軒《蜻蜓眼》中的定型化女性形象〉、游珮芸〈亞洲的童年風景——幫大人跑腿的小女孩們〉、謝鴻文〈審美現代性意義下的鄉土與懷舊——論林鍾隆《蠻牛的傳奇》〉、江福祐〈臺灣兒童閱讀的現況、隱憂與展望〉、林彤〈尋找我城的風景——論香港繪本創作中的鄉土書寫〉研究了《電車小叮在哪裡？》。

●巴巴文化出版王家珍《成語植物園之小貓老大歷險記》。

九月

●四日，二〇一八年新竹縣吳濁流文藝獎得獎名單揭曉，兒童文學類首獎陳韋任〈小縫隙的大冒險〉、貳獎葉衽傑〈移動世界〉、參獎王昭偉〈熱血男孩的飲料攤〉、佳作邱素青〈翻轉的願望〉、佳作李光福〈那間慢吞吞的店〉、佳作蔡其祥〈我看見我的獨特〉。

●六日，由台北市立圖書館、新北市立圖書館、國語日報社主辦，幼獅少年、中華民國兒童文學學會協辦之第七十四梯次「好書大家讀」優良少年兒童讀物評選活動結果揭曉，選出單冊圖書二一三冊、套書二套七冊。童話入選有：冀劍制《鞋匠哲學家和放空小嵐》、亞平《阿當，這隻貪吃的貓3》、哲也《童話莊子2：無敵大劍客》、王淑芬《貓巧可真快樂》、林世仁《小師父大徒弟》、于景俠等著《機器人保母》、子魚《微童話》、徐錦成主編《九歌兒童文學讀本》等。

●二十一日，二〇一八鍾肇政文學獎揭曉，兒童文學組正獎蔡淑仁〈通往故事結局的蟲洞〉、副獎李威使〈海上漂來一間房〉、副獎張英珉〈一貨公司〉。

●小天下出版陳素宜《沒鰭：陳素宜生態童話》。

●小天下出版賴曉珍《好品格童話5：小威愛哭哭》與《好品格童話6：蝴蝶女王與糞金龜》。

●小兵出版徐錦成《小矮人的幸福魔法》。

十月

●六日，第七屆台中文學獎揭曉，童話類：第一名王昭偉〈龜奔術〉、第二名陳秋玉〈普靈奧的占卜箱〉、第三名李柏宗〈神仙保鑣公司〉、佳作孫慕恩〈說書的狐狸〉、佳作許庭瑋〈「！」的味道〉、佳作陳佩萱〈阿祖的祕密〉、佳作李郁棻〈捕風少年〉。

●十二日，銘傳大學舉辦教師研習活動「童話故事裡學科學——如何轉換科學演示成為科普活動素材」，邀請中央大學物理系朱慶琪教授，以「愛麗絲漫遊奇境」與「小飛俠彼得潘」的互動式科學展覽的策展經驗，分享如何將科學演示實驗轉換成跨領域的科普活動。

●十五日，桃園市兒童文學創作獎揭曉，教師童話故事組第一名葉雅琪〈無聲運動會〉、第二名邱素青〈鼻涕公主要出嫁〉、第三名陳玉瑄〈妙博士的神奇時光機〉。

●聯經出版王洛夫《黃金、薯條、巧克力：世界原住民奇幻冒險》。

●小天下出版王昭偉《森林小勇士》。

十一月

●一日，中華民國兒童文學學會獲選為台北市政府文化局譽揚組織，是台北市第十四個譽揚團體。台北市政府文化局委由文訊雜誌社編印三冊日治時期兒童文學讀本：《春風少年歌：日治時期臺灣少年小說讀本》、《寶島留聲機：日治時期臺灣童謠讀本1》、《童言放送局：日治時期臺灣童謠讀本2》作為譽揚形式，譽揚典禮暨新書發表會於「兒童文學的家」舉行。

●三日，靜宜大學舉辦「第一屆翻譯研究暨第二屆台日兒童文學研究」國際學術研討會，會中與童話相關者為專題演講，日本學者對在日本『赤い鳥』兒童文學雜誌中的小川未明童話的研究，及論文發表〈『赤い鳥』、台灣、佐藤春夫的童話、北原白秋的童謠〉。

●六日，資深兒童文學作家徐正平逝世於桃園平鎮，徐正平一九三六年十月二十五日生於桃園新屋，筆名徐行。徐正平是台灣與桃園兒童文學諸多大事的見證人，例如一九七一年五月，有台灣小學教師兒童文學創作搖籃之稱的「台灣省教育廳國民學校教師研習會」的「兒童讀物寫作研習班」，就是徐正平建言催生的。一九七九年出版的童話代表作《小白沙遊記》，被研究者認為是台灣第一本個人科學童話，此書也曾榮獲金鼎獎的肯定。

●十日，第八屆蘭陽文學獎揭曉，童話組第一名王宇清〈黑傘女孩〉、第二名張英珉〈最後的甘蔗汁〉、第三名李鄢伊〈爸爸的大夜班〉、佳作陳俊志〈勇士的考驗〉、佳作郝妮爾〈向大海走去〉、佳作陳煥中〈喵喵與女孩辰星〉。

●十一日，中華民國兒童文學學會舉辦「基督教與兒童文學學術研討會」，除了張子樟、內藤知美、鄭善惠的專題講座，另有六篇論文發表。

●大真文化出版謝鴻文改編自林鍾隆童話《蠻牛傳奇》的兒童劇本《兒童劇《蠻牛傳奇》改編記》。

●五南出版陳正治《房屋中的國王》。

十二月

●十五日，第十七屆國語日報兒童文學牧笛獎舉行頒獎典禮，今年共有一百三十二件作品參賽，第一名朱佳妮〈什麼都有電影院〉、第二名鄭若珣〈糖、辛香料和美好的事物〉、第三名祖聰聰的〈煙婆婆的收藏〉、佳作陳昇群〈ㄅ．工廠〉、賈為〈起飛，大鳥〉、彭婉蕙〈那隻壁虎〉。同時出版得獎作品集《什麼都有電影院》。

●十六日，海峽兩岸兒童文學研究會舉辦「兒童文學下午茶」講座，邀請梁晨主講「斯洛伐克兒童文學現況」，李黨和方素珍報告「台灣出版社與兒童文學作家在中國大陸出版現況」。

●國語日報社集結十一位歷年牧笛獎得主：林世仁、王文華、蔡淑仁、張英珉、吳俊龍、岑澎維、李知融、亞平、陳素宜、王文美、張淑慧，以「時間」為主題出版童話合集《可以開始了嗎？》。

● 字畝文化出版黃海《宇宙密碼：25篇星球科幻童話》。

● 康軒出版王文華《跟王文華學聽說讀寫：貓不聞寫童話》。

九　歌　童　話　選　1　7

九歌一〇七年童話選之許願餐廳
Collected Fairy Stories 2018

國家圖書館出版品預行編目 (CIP) 資料

九歌一〇七年童話選之許願餐廳 / 謝鴻文主編 ;
王淑慧、李月玲、吳嘉鴻、劉彤渲圖 . -- 初版 . --
臺北市 : 九歌 , 2019.03
　面 ;　公分 . -- (九歌童話選 ; 17)
ISBN 978-986-450-234-9(平裝)
859.6　　　　108001693

主　　編——謝鴻文、曾芊華、楊子函、趙芷語
插　　畫——王淑慧、李月玲、吳嘉鴻、劉彤渲
執行編輯——鍾欣純
創 辦 人——蔡文甫
發 行 人——蔡澤玉
出版發行——九歌出版社有限公司
台北市 105 八德路 3 段 12 巷 57 弄 40 號
電話／02-25776564・傳真／02-25707716
郵政劃撥／0112295-1

九歌文學網　www.chiuko.com.tw

印　　刷——晨捷印製股份有限公司
法律顧問——龍躍天律師 ・ 蕭雄淋律師 ・ 董安丹律師
初　　版——2019 年 3 月
定　　價——260 元
書　　號——0172017
I S B N——978-986-450-234-9

本書榮獲台北市文化局贊助